AF235065

THE STORY CHASER

PiT VOGT

Idee, Design & Layout: P i T

Alle Stories und Texte sind frei erfunden

Impressum

Herstellung und Verlag:
BoD - Books on Demand, Norderstedt
ISBN: 978-3-7528-2522-0

LYRIK

FANTASY

Mein großer Traum [Song]

Ich war so jung
Wollte groß sein, wie die Welt
Wollte stark sein mit viel Geld
Und wollt tun, was mir gefällt

Ich war so dumm
Dachte nur an den Erfolg
Wollte, dass der Rubel rollt
Alles schien aus purem Gold

Mein großer Traum
Ich wollt so viel
Mein großer Traum
Immerzu
Mein großer Traum
Es war nur Spiel
Mein großer Traum
Ohne Ruh

Alles vorbei
Denn am Ende bleibt nichts mehr
Alle Tage schienen Leer
Und ich war nichts mehr

Mein großer Traum
Ich wollt so viel
Mein großer Traum
Immerzu
Mein großer Traum
Alles nur Spiel
Mein großer Traum
Ohne Ruh
Immerzu

Mein großer Traum
Er ist vorbei
Mein großer Traum
Wieder neu, wieder neu, wieder neu, oh
Mein großer Traum
Immerzu
Mein großer Traum
Ohne Ruh, ohne Ruh, ohne Ruh, oh
Mein großer Traum
Immerzu
Mein großer Traum
Immerzu, immerzu, immerzu, oh

Friedensballade

Und als der Hass noch größer wurde,
da zog man wieder in den Krieg
Rot färbte sich die Erd vom Blute
Doch nie erreichte man den Sieg

Und auf dem Schlachtfeld, Aug in Auge,
dort wollte man den letzten Schlag
Es waren Menschen, so vertraute
Es schien der letzte Lebenstag

Und als man schrie: *„Auf, auf, zum Kampfe",*
war dort und da man wie erstarrt
Ein Schrei, erstickt im Todeskampfe,
weil keiner es zu glauben wagt

Wo sonst erbleicht die toten Körper,
da stand ein Kind so lieb und zart
Ein Mensch, so klein- ein unversehrter,
zwischen den Lanzen, spitz und hart

Wenn jetzt, oh Gott, ein Schuss ertönte
Warum, du Kind, stehst du im Weg
Doch still bliebs nur und keiner stöhnte
Das Kind sang leis ein Weihnachtslied

Da sanken nieder die Gewehre
Das Kind, es sang so lieblich fein
Und leis, ganz leis, durchs ganze Heere,
erhob sich jenes Liedelein

Wo blieb der Hass, wo all das Böse
Das Schlachtfeld war kein Schlachtfeld mehr
Ein Liedchen, ach, kein Kriegsgetöse
Wo kam nur all der Frieden her

Schon bald lag man sich in den Armen
Es flossen Tränen ohne Zahl
All die, die her zum Sterben kamen,
sie ließen ab von aller Qual

Und als die Feinde Freunde wurden,
da ward das Kind nicht mehr zu sehn
Man hat gesucht es Stund um Stunden
Nur blieb dies Weihnachtslied bestehn

Es zog hinauf bis in den Himmel
Bis weit in die Unendlichkeit
Und lautlos ritt auf prächtgem Schimmel
ein Kind fern in die Dunkelheit

Und als es Heiligabend tönte
vom Kirchturm in der Heimatstadt,
da kehrten heim die vielen Söhne
Die Mütter warn vom Schmerz so matt

Hört drum auf alle Erdenkinder
Denn hier, nur hier lebt unsre Welt
Schon einmal war so kalt der Winter
War jene Menschheit fast zerschellt

Jetzt ist die Zeit der Friedenslieder
Die Kinder kennen jenen Text
Wie auch die Alten, heut und wieder,
ist man so tief und schwer verletzt

Ein letzter Krieg
Ade Ihr Menschen
Habt Ihr vergessen viel zu schnell
Ihr wolltet doch fürs Leben kämpfen
So viel verblüht, wenn´s nicht mehr hell

Nun ist der Tages-Tag gekommen
Wo geht es lang- bleibt uns die Angst
Der Frieden wird sich immer lohnen,
weil DU als Mensch von Gott abstammst

Gott wird uns auch den Krieg vergeben
Vor IHM sind Freund und Feinde gleich
ER ist der Tod, ER ist das Leben
Als Bettler arm, als Herrscher reich

Doch, wenn wir IHN erkennen wollen,
in fernster Zeit, Unendlichkeit,
so müssen wir die Kinder holen
Ein Kinderlachen gegen Leid

Es geht nicht nur um Krieg und Frieden
Es geht nicht nur um diese Welt
Wir müssen lernen, neu zu lieben
Weil Liebe nur den Mensch erhält

So lernt auf ewig all die Lieder
So lobt der Weihnacht heilig Licht
Und wo man Krieg will, jetzt und wieder,
hat jedes Kinderlied Gewicht

Der Schauspieler

Er hatte einfach nur gelacht
Der Schauspieler im letzten Akt
Er sah uns an und hat gelacht
Woran nur hatte er gedacht
Der Schauspieler im letzten Akt

Er spielte so unsagbar gut
Der Schauspieler gab alles hin
Er weinte auch und zeigte Wut
Ging es ihm wirklich immer gut
Der Schauspieler gab sich nur hin

Am Ende ging der Vorhang zu
Der Schauspieler schminkte sich ab
Er wollte jetzt nur seine Ruh
Der Vorhang ging für heute zu
Es war ein wirklich guter Tag

Dann ging er heim, tief in der Nacht
Die Frau, die Kinder schliefen schon
Ein Kuss für alle, nur ganz sacht
Denn es war still und es war Nacht,
fernab vom Bühnenmikrofon

Und als er träumte, selbst sich sah,
da spürte er auch Einsamkeit
Wer er im Spiel auch immer war,
er blieb allein dort, unnahbar
Und Frau und Leben schienen weit

Er brauchte den Theaterschein
Die Kinder hatten ihn vermisst
Er wollte jemand anders sein
Ein Leben zwischen Schein und Sein
Er hat die Frau nur sacht´ geküsst

Am nächsten Morgen gegen Acht
ging er zur Probe für sein Stück
Er hat „Adieu" nur leis gesagt
Ging ins Theater gegen Acht
Denn dort, nur dort fand er sein Glück

Er hatte wieder gut gespielt
Der Schauspieler im letzten Akt
Ob er sich wirklich wohl gefühlt
Wer weiß das schon – *er hat gespielt*
Ein Schauspieler im letzten Akt

Am Meer

Der Abend kommt, mich zieht´s ans Meer
Ich sehn mir alles Schöne her
Hier kann ich vieles klarer sehn
Und weiß, das Meer wird mich verstehn

So viele Dinge tun sich auf
an diesem Strand, ich nehms in Kauf
Hier wo die Sonne untergeht,
Hier, wo ein raues Lüftchen weht

Dann träum ich mir die Sorgen fort
An diesem magisch, guten Ort
Ich fühl mich nicht mehr so allein
Am Meer möcht ich wohl immer sein

Ganz sicher war´s nicht immer leicht,
Oft hat es nicht ganz ausgereicht
Dann stand ich trotzdem wieder auf
und sah nach vorn und pfiff darauf

Mit meinem Stolz und festem Blick
stemm ich mich gegen Ungeschick
Und lass das Böse hinter mir
Ich hab noch meinen Traum in mir

Ganz tief im Herz ein Feuer brennt
Es ist so stark und mir nicht fremd
Es ist ein Lied und ein Gedicht
Es spendet Leben mir und Licht

Und meine Tränen, die so heiß
Ja selbst mein Lachen – laut und leis
Die Liebe auch zum Heimathaus
All das bin ich, das macht mich aus

Ich weiß, in mir steckt so viel Kraft
Im Leben hab ich viel geschafft
Dies Auf- und Ab hat mich geprägt,
Und neue Zuversicht gesät

Ja, viele Jahre sind vorbei
Bin nicht mehr jung, doch einerlei!
Die Hoffnung treibt mich durch die Zeit,
vorbei an Tränen, Frust und Leid

Nun ist es Nacht – ich bin noch hier
Ich brauche Dich, Du kluges Meer!
Ich sitz am Strand und hör dir zu
Und träum mit dir, genieß die Ruh

Besuch

Der Regen rieselt durch die Äste
Wart auf dem Friedhof ganz allein
Gedanken um des Lebens Reste
Stelln kühl in meinem Kopf sich ein

Hier ist's so ruhig, endlose Stille
Nur Regen fällt auf manches Grab
So endgültig
Ein letzter Wille
Hier, wo man nichts zu sagen wagt

Da giert und jagt man durch die Zeiten
Da jammert man und will noch mehr
Und spürt nicht, wie die Jahr' enteilen
Wie alt man wird und schwach und leer

Die Jugend ist nicht festzuhalten
Der Reichtum nicht und nicht das Gut
Nichts ist auf ewig aufzuhalten,
Weil irgendwann erstarrt das Blut

So will ich Einhalt mir gebieten
Denn viel zu schnell komm ich hierher
Sollt wieder neu mein Leben lieben
Sollt Lieder singen
Und noch mehr

Der Regen rieselt durchs Geäste
Und dunkel wird's im Friedhofshain
Was tu ich mit des Lebens Reste
Schlag hoch den Kragen und geh heim

An die Eltern

Manchmal gehn die Gedanken
nach Haus, ins gute Heim
Seh all die schönen Jahre
Und manche schlimmen Tage
Wollt wieder Kind dann sein

Als ich mit Mutter rannte
durchs Tal zum Wald am Fluss
Mit Maiglöckchen im Regen
Am Ostseestrand gelegen
Am Abend manchen Kuss

Die längsten Fahrradtouren
vom Berg bis quer durchs Feld
In den Ballon gepustet
Beim Sportfest fast verdurstet
Am Schießstand ohne Geld

Kind bin ich stets geblieben
Die Zeit verging zu schnell
Geträumt bis zu den Sternen
Dann wieder fahrn und schwärmen
im Kettenkarussell

Die wilden Jugendjahre
mit bester Note 2
Kaum war ich zu belehren
Ich wollt mich ständig wehren
Blieb weg bis nachts um 3

So manches, das ich suchte,
im Streit und auch in Wut,
das wollte ich nie sagen
War froh, dass wir uns hatten
Ihr seid mir beide gut!

Hab oftmals nicht verstanden,
dass Vieles nicht so bleibt
Dann triebs mich in die Fremde
In keine guten Hände
Und wieder starb die Zeit

Bin doch zurückgekommen
in Mutters warmen Schoß
Uns hat so viel verbunden
In jenen schweren Stunden
Dort stand mein weißes Schloss

Hätt ich es nur gesehen,
wie sie verging, die Zeit
Als ich sie dumm verschenkte
Was wars nur, dass mich lenkte,
durch all die Dunkelheit?

Ich bin da raus gekommen-
von Euch hab ich die Kraft
Doch wiegt so schwer das Alte
Noch oft spür ich die Spalte,
die durch mein Leben klafft

Was ist mir heut geblieben
nach all dem Sturm der Zeit?
Wohl ists nicht Geld, Karriere!
Vielmehr doch Glück und Ehre!
Ich habe mich befreit

Es ist so schön zu wissen,
dass einsam ich nicht bin
Ihr seid mir stets geblieben
Und als ich´s aufgeschrieben,
erkannte ich den Sinn

Denn all das war mein Leben:
Das Böse und der Schein
Das Auf und auch das Nieder
So manche Liebeslieder
Und mache Stund beim Wein

Nein, gar nichts will ich missen,
weil all das ich stets war!
Ein Mensch mit seinen Träumen
Nie wollt ich was versäumen
mit Euch, ganz wunderbar

Im Leben

Im Leben zwischen Drin und Draußen
Bist du allein
Und denkst so viel
So gern willst du nach vorne brausen
Mit einer Harley westwärts sausen
Dein Leben leben wie ein Spiel

Doch siehst du, wie sich Fremde küssen
Das Glück ist dort
Ist nicht bei dir
Du willst dir deinen Tag versüßen
Doch siehst du Unkraut vor dir sprießen
Warum nur, fragst du, bist du hier

Enttäuscht fliehst du in tiefsten Schatten
Du fühlst verlassen dich vom Glück
Dort, wo sich andre fanden, hatten
Beachten dich nur Mäuse, Ratten
Und du vergehst so Stück um Stück

Was bleibt dir noch von diesem Leben
Was bleibt dir da von Nacht und Tag
Du hast doch auch so viel zu geben
Du wolltest gern im Himmel schweben
Der dir noch nie zu Füßen lag

Ein Leben zwischen Harren, Weinen
Du willst nur fort
Wohin – egal
Ein Herz voll Tränen, schweren Steinen
Ein Traum vom Glück, dem großen, kleinen
Der Weg des Lebens ist oft schmal

Vielleicht ist mancher Blick zu gerade
Vielleicht schaut man zu selten hin
Da blüht was vor dir, keine Frage
Schau nur nicht weg
Es wäre schade
Es ist nicht schwer
Und es macht Sinn

Das Leben geht oft krumme Wege
Durchs Feuer mal
Durch manchen Sturm
Ruh dich nicht aus und sei nicht träge
Und spring mal ab vom festen Stege
Und spring mal ab von deinem Turm

Der Blinde
(Erinnerung an Ammerum)

Er sah mich an und sah mich nicht
Er sah mir mitten ins Gesicht
Ich spürte seinen Blick, der stumm
In seiner Welt
Auf Ammerum

Ich dacht mir oft: *Ach, der ist blind*
Doch wusste er, wo wir gerad sind
Er kannte sich hier bestens aus
In diesem fremden – seinem Haus

„Schließ deine Augen", rief er laut
Ich tat's und nichts war mehr vertraut
Ich stolperte und fiel auch hin
Er lachte laut
Das machte Sinn

Tagtäglich dunkel, wenn es hell
Tagtäglich langsam
Nie mehr schnell
Er wusste, wie's mal früher war
Er war erst zweiundvierzig Jahr

Ich hielt ihn fest, wenn er schon fiel
Für mich wars leicht
Für ihn kein Spiel
Und einmal hielt er meine Hand
Ich hatte seine Angst erkannt

So zwischen Nacht
Und wieder Nacht
Hab ich ihn auch ins Bett gebracht
Er schloss die Augen, weinte leis
Und fluchte über all den Scheiß

Für mich wars dunkel, Nacht und Traum
Er träumte nicht
Und schlief wohl kaum
Am nächsten Morgen war er wach
Und freute sich auf jenen Tag

Oft stand im Regen er allein:
Die Tropfen fühlen, die wie Wein
Er legte sich in manchen Wind
Und sang und sprach, er sei ein Kind

Wenn draußen dann die Sonne stach
Schien er wie tot
Schien er halbwach
Dann schrie er in den Sommertag
Er läge schon im Totensarg

Ich fragte mich so dann und wann
Wer ist hier schwach
Wer stark sodann
Er war mehr Mensch als ich's je war
Sein Sinn viel klarer noch
Als klar

Und plötzlich sah auch ich den Tag
Wie ich ihn nie gesehen hab
Wie Wolken flohen vor dem Mond
Wie Wind das Feld pflügt, das aus Mohn

Wir schwiegen oft von früh bis Nacht
Doch wussten wir,
Wer weint,
Wer lacht
Wenn man nichts sieht, dann fühlt man viel
Die Zwischenräume
Start und Ziel

So wie manch´ Farbe er erklärt
War mir einst fremd
Fast wie versperrt
Das Blau, das Rot – ich sah´s ganz neu
Er lachte nur
Und ich ward scheu

Wir sprachen über dies und das
Die Zeit verging
Sie machte Spaß
Und irgendwann, da war sie um
Ich musste fort von *Ammerum*

Er meinte noch, er käme klar
Er war zwar blind, nicht in Gefahr
Die Vögel sprachen dann zu ihm
Und brachten ihm den Lebenssinn

Er sah mich an
Und sah mich nicht
Er sah mir mitten ins Gesicht
Ich fühlte seinen wachen Blick
Ich denk sehr oft an ihn zurück

Der Pedant

Fein und sauber eingetütet
Ist sein Leben jeden Tag
Immer sicher, wohl behütet
Was die Sicherheit auch bietet
Gibt's für ihn nie eine Frag

Ja er achtet immer wieder
Auf die Ordnung überall
Selten singt er frohe Lieder
Nein, das ist nicht gut und bieder
Niemals hat er solchen Knall

Schnell die Vase auf das Deckchen
Staubgewischt auf Tisch und Schrank
Gut gekehrt das kleinste Eckchen
Aller Müll kommt schnell ins Säckchen
Ach, gestresst scheint er
Und krank

Eines Tages doch, welch Wunder
Geht bei ihm fast alles schief
In der Wohnung liegt nur Plunder
Und er selbst ist gar nicht munter
In der Küche wabert Mief

Was ist da wohl nur geschehen
Warum ist die Ordnung hin
Auch er selbst kanns nicht verstehen
Was nur tun
Wohin nur gehen
Hat das Leben so noch Sinn

Plötzlich spürt er etwas Neues
Etwas, das er nie gekannt
Keine Ordnung
Und ihn freut es
Er ist frei und niemand scheut es
Früher war er ein Pedant

Nein, ihn stört nicht mehr das Chaos
Lässt es liegen, einfach so
Nee, er ist auch nicht verwahrlost
Alles Leben ist ein Chaos
Ordnungszauber macht kaum froh

Fein und sauber eingetütet
Ist ab heut er gar nicht mehr
Dort, wo's richtig stürmt und wütet
Ist das Leben nicht behütet
Ist das Leben gar nicht schwer

Die Frau an der Grenze

Tagtäglich ist sie unterwegs
Sie ist noch jung, scheint doch so alt
Mit scharfem Auge wacht sie stets
Auf schmalem Pfad
Nach vorne geht's
Am Felsen und tief drin im Wald

Die Grenze zieht sich ewig hin
Da, Nordkorea, gar nicht weit
Warum die Grenze
Welcher Sinn
Sie schaut nach drüben traurig hin
Und es vergeht die Zeit
Die Zeit

Sie muntert die Soldaten auf
Die warten schon an ihrem Platz
Mit ihrem Pickup fährt sie rauf
Auf manchen Felsen
Obendrauf
Dies weite Land
Was für ein Schatz

Und manchmal weint sie einfach so
Die Grenze ist so mörderisch
In Süd und Nord ist man nicht froh
Konflikte gibt es einfach so
Nur Schweigen, Tränen
Lediglich

Ich seh sie lachen irgendwann
Als sie vom fernen Frieden spricht
Mit ihrem Pickup fährt sie dann
Den nächsten Stützpunkt leise an
Und ihre Hoffnung nie erlischt

Ich schau nach Norden
Greifbar nah
Versteh nicht deren Wut und Hass
Es sind doch Brüder
Schwestern gar
Sie sind doch eins
Das ist doch klar
Ein lauer Wind streicht übers Gras

Doch dann muss sie schon wieder fort
Ich wink ihr noch
Sie schaut zurück
Was für ein rätselhafter Ort
Die starke Frau mit starkem Wort
Und sie fährt runter
Dann hinauf

Die Weihnachtsfrau

Die Tür fiel zu, er ist jetzt fort
Er ging, er floh ganz ohne Wort
Sie hielt den Rücken ihm stets frei
Jetzt scheint dies alles einerlei

Die fremde Frau, dies Flittchen, ach
Das gab ihm flugs ein neues Dach
Er fiel drauf rein und sagte kühl,
Das alles hier ihm nicht gefiel

Die Einsamkeit in jenem Haus
Macht sie zur wirklich grauen Maus
Die Kinder sind längst irgendwo
Und alles scheint nur "einfach so"

Sie fühlt sich hilflos, krank und schlecht
Sie macht es allen immer recht
Das große Haus – er wollt es nicht
Die Ehejahre gibt's wohl nicht

Das Regenwasser tropft herab
Und wäscht die Fensterscheiben ab
Sie schaut zum Wald gleich hinterm Haus
Sieht so die tolle Zukunft aus

Am nächsten Morgen ist es still
Kein Mann, kein Kind, auch sonst nicht viel
Da, in der Zeitung wie ein Hohn:
Man sucht nach Weihnachtsmännern schon

Und weil mit Fünfzig sie zu alt
Für einen Job, für Arbeit halt
Wischt sie die Tränen vom Gesicht
Und geht hinaus
Und trauert nicht

Nach frischen Schrippen sehnt sie sich
Nach Kaffeeduft, nach Tageslicht
Nach einem Wort, nach einem Ziel
Sie will jetzt raus, das ist nicht viel

Dort taucht sie ein ins Menschenmeer
In ihrem Kopf ist nichts mehr leer
Sie weiß jetzt, was sie wirklich will
Sie hat noch Würde, Kraft und Stil

Schlägt ein den Weg zum Arbeitsamt
So viele sind dort unerkannt
Sie redet viel und weiß genau:
Sie wird nun eine Weihnachtsfrau

Auch wenn sie raus aus dem Beruf
Hört sie den lauten, stummen Ruf:
Los, zeig es allen endlich, jetzt
Du bist ein Mensch
Wenngleich verletzt

In einer Garderobe dann
Zieht sie das Weihnachtskostüm an
Spürt plötzlich, dass man sie noch braucht
Es hilft nichts, wenn man untertaucht

Sie will was tun
Denn sie ist da
Fast alles scheint ihr wunderbar
Als Weihnachtsfrau am Weihnachtstag
Stellt ihr manch´ Kind so manche Frag

Ja, endlich ist sie wieder frei
Und hat auch wieder Spaß dabei
Als Weihnachtsfrau am Weihnachtsmarkt
Hört man ihr zu, denn sie ist stark

Am Heilig Abend irgendwann
Trifft sie auf einen Weihnachtsmann
Der lebt allein mit seinem Kind
In einem Haus,
Wo Kühe sind

Die beiden treffen sich nun oft
Sie spürt ihr Herz, es klopft und klopft
Ein neues Leben sie nun hat
In ihrer Welt
In dieser Stadt

Die Weihnachtsfrau
Der Weihnachtsmann
Sind wieder glücklich, froh sodann
Wenn alles Leben stehenbleibt
Muss man hinaus
Denn es ist Zeit

Fahrstuhlstopp

Im Fahrstuhl zwischen Hoch und Runter
So zwischen zwei Terminen – *kurz*
Da wart' ich, gar nicht froh und munter
Im Lift, so zwischen Rauf und Runter
Und mancher Witz scheint weit und *schnurz*

Auf einmal stockt der Lift, bleibt stehen
Im Nirgendwo
Ich weiß nicht wo
Wann wird das Ding wohl weitergehen
Ganz plötzlich fängt sich's an zu drehen
Mir wird's recht schwindelig und so

Ne alte Frau steht da und wartet
Sie schaut mich an mit starrem Blick
Ich hoff, dass dieser Lift bald startet
Und jene Frau, die seufzt und wartet
Wann endet dieses Missgeschick

Die Alte scheint das wohl zu spüren
Sie sagt: *„Ach Jungchen, du hast Zeit"*
Ich weiß, ich sollt' mich wohl nicht zieren
Was kann ich hier wohl schon verlieren
So manche Stunden ziehn sich weit

Wir reden über Das und Dieses
Ich lehn mich an die Fahrstuhltür
Wir sprechen über Gutes, Mieses
Im Leben gibt's so manches Fieses
Im Fahrstuhl zwischen Dort und Hier

Ich schau zur Uhr, muss plötzlich grinsen
Hier drin scheint nichts mehr wichtig, ach
So vieles ging mir in die Binsen
Oft schmeckten nicht mal Mittagslinsen
Und manchmal schien ich kaum noch wach

Die alte Frau nahm meine Hände
„Nehms nicht so schwer, das hilft dir nicht"
In jenem Lift, wo kühl die Wände
Hielt sie voll Güte meine Hände
Es flackerte das Fahrstuhllicht

Ja, da begriff ich, was sie meinte
Ich sollte viel mehr leben noch
Was mich mit dieser Frau vereinte
War der Gedanke
Und ich weinte
Wann ging´s im Fahrstuhl runter, hoch

Ein starker Ruck, dann ging es weiter
Recht schnell sprang auf die Fahrstuhltür
Ich sah den Tag, er war so heiter
Und irgendwie schien ich gescheiter
Seit jenem Fahrstuhlstopp all hier

Ich tauchte ein in Stadt und Leben
Oft fiel mir ein der Alten Wort
Von Herz und Seel konnt ich was sehen
Erinnerung an manches Schweben
Im Fahrstuhl zwischen
Hier und Dort

Das bisschen Leben

„*Was ist geschehen*", fragte sie
Man wusste nicht mal *wann und wie*
Das Kind lag tot im Garten dort
Der Tag war trüb
Ein schlimmer Ort

Die Mutter schwieg
Sie sagte nichts
Das bisschen Leben – fern des Lichts
Es war doch eine schöne Zeit
Ihr Kind und sie
Ein Glück zu zweit

So viel erlebten sie
So viel
Ihr Kind Zuhause und beim Spiel
Sie schaut' die Fotos lange an
Und weinte auch – so dann und wann

Erinnerungen sind so tief
Das bisschen Leben
Nichts ging schief
Doch traf ihr Kind des Teufels Sohn
Und alle Hoffnung ward zum Hohn

Was ist das Leben?
Was der Sinn?
Warum das Leben?
Wo geht's hin?
Hat Leben irgendeinen Zweck?
Ist es am End' vielleicht nur Dreck?

Sie schwieg!
Sie wusst die Antwort nicht!
Wohin sie ging?
Man weiß es nicht!
Ihr Kind, die Urne nahm sie mit
Vom Leben blieb ihr nicht ein Stück

So oft sucht man nach einem Ziel
Ist Leben ernst?
Ist´s doch nur Spiel?
Das bisschen Leben scheint nicht lang
Wohl weint man oft
So dann
Und wann

Frau Holle

Ziemlich hoch im Wolkenzelte
Lebte sie für sich allein
Schaute traurig auf die Welte
Von dort oben, ihrem Zelte
Wollt so gern mal Mutter sein

Doch zu ihr, welch schlimmes Leben
Kam niemals ein netter Mann
Ach, sie wollt doch Liebe geben
Und ein Kind, ein schönes Leben
Ein Familienglück sodann

Aller Traum jedoch blieb ferne
Mann und Kind – nie kam's zu ihr
Lang schaut sie zu manchem Sterne
Alles Glück schien viel zu ferne
Keine Freude, keine Zier

Da begann sie sich zu rächen
Holte sich, was sie gewollt
Nutzte aller Menschen Schwächen:
Mit der Gier wollt sie sich rächen
Zauberte ein Tor aus Gold

Damit lockte sie manch' Mädchen
Und versprach das große Geld
Ach, es kamen aus dem Städtchen
Viele junge, hübsche Mädchen
Durch das Tor zur Wolken-Welt

Zur Begrüßung gab es Kuchen
Daunenbettchen wunderschön
Niemals gab es Grund zum Fluchen
Herrlich schmeckten Torten, Kuchen
Nein, kein Mädel wollte gehn

Doch wenn aller Tag vergangen
Kroch empor die schwarze Nacht
Plötzlich zischten tausend Schlangen
Dort, wo längst der Tag vergangen
Hat sich Unglück breitgemacht

Da, zur Hex ward die Frau Holle
Und ihr Wolkenhaus zerfiel
Formte sich zur schwarzen Scholle
Blitze zuckten um Frau Holle
Ach, es war ein böses Spiel

Alle Mädchen, die dort oben
Längst gefangen in der Scholl
Als die Wolken fortgezogen
Warn die Mädchen nicht mehr oben
Brach entzwei dies Tor aus Gold

So verschwanden hundert Mädchen
Keiner ahnte je wohin
Traurig lag nun Welt und Städtchen
Denn es fehlten junge Mädchen
Und es fehlte Glück und Sinn

Doch ein junger Prinz vom Meere
Hörte von dem Trauersang
Und er kam ganz ohne Heere
Mit dem Boot weit übers Meere
Und er suchte tagelang

Bis er sah die dunklen Wolken
Wo Frau Holle arglos war
Mit 'nem Luftschiff unbescholten
Flog er hoch bis zu den Wolken
Und sein Sieg schien sonnenklar

Er entdeckte jene Scholle
Wo die Mädchen eingesperrt
Doch da war auch noch Frau Holle
Die verteidigte die Scholle
Ihr Gesicht von Wut verzerrt

Kraftvoll hob der Prinz den Degen
Stach in jene Wolkenpracht
Dort heraus stob wilder Regen
Alle Mädchen warn am Leben
Als die Scholle laut zerkracht

Und im Luftschiff fröhlich singend
Flog der Prinz die Mädchen heim
Ach sie tanzten lustig springend
Durch das Städtchen rufend, singend
Alle konnten glücklich sein

Und Frau Holle in der Wolke
Die kam niemals wieder her
Denn das Tore aus purem Golde
War nur Lüge, wie die Wolke
Die Frau Holle gibt's nicht mehr

Neumond

Du stehst vorm Spiegel um halb Zwölf
Wirr schreist du rum: *Komm Gott und hilf*
Dein ganzes Leben – eine Qual
Und es ist Neumond wiedermal

Da drin in deinem Kopf, ganz tief
Da sitzt etwas so krumm und schief
Es macht dir Angst, es bringt sich um
Und plötzlich bist du wieder stumm

Dann sinkst du auf den Wannenrand
Dein Hirn, dein Leib – ein einzig´ Brand
Vielleicht drei Jahre noch, ein Tag
Vielleicht noch eine letzte Klag

Der Schwindel macht benommen dich
In Seel und Herz ein letzter Stich
Du krümmst vor Schmerzen dich und weinst
Und weißt, dass du so viel versäumst

Noch einmal wild im Tanz sich drehn
Das wünschst du dich, doch du bleibst stehn
In deinem Kopf das Unheil droht
Und nichts kommt mehr vom lieben Gott

Vielleicht ist´s schon der letzte Tag?
Vielleicht ist´s längst die letzte Frag?
Bist du zum Leben doch zu dumm?
Warum dies Leid, warum, warum?

Schon stockt der Atem in der Brust
Zum Sterben hast du keine Lust
Sieht so die letzte Hoffnung aus?
Bleibt da am End nur Angst und Graus?

Dein Traum verglüht im Glockenschlag
S´ ist Mitternacht in Land und Stadt
Zu Ende scheint dein freier Fall
Und es ist Neumond
Wiedermal

Sehnsucht nach Glogau

Sehnsucht nach dem „Nicht mehr da"
Ferne Heimat – irgendwo
Alles da, doch nichts ist klar
Und ich friere einfach so

Damals, als wir flohen, ach
Da war Krieg, der Weg so lang
Nirgendwo ein Heimat-Dach
Tausend Ängste – Trauersang

Meine Heimat gibt's nicht mehr
Längst zerschossen und kaputt
Träume sind so endlos leer
Heimatliebe: Tod und Schutt

Tränenmeer am Oderstrand
Glogau einst so stolz und schön
Jene Heimat dort mal stand
Doch sie sollt im Krieg vergehn

Sehnsucht nach dem Heimatland
Tief im Herzen bleibt es mir
Nirgendwo ich Frieden fand
Nur die Ruh ist ewig hier

Besuch in Auschwitz

Man spricht so viel
Man redet gern
Man findet Vieles schlimm und gut
Doch manchmal sind die Worte fern
Dann spricht man nicht mehr viel und gern
Dann steht man da – dann stockt das Blut

In Auschwitz war´s
Am düstern Ort
Ich schau mich um und schweig und schweig
Da fehlt mir Freude, jedes Wort
Ein Wind weht alte Ängste fort
Kalt fühlt sich an mein menschlich´ Leib

Mein Schritt fällt schwer
Ich weine nicht
Hier, wo man nicht mehr weinen kann
Zu sehr erstarrt mein Angesicht
Hier ist´s so trüb – es fehlt an Licht
Zu viel ist damals hier verbrannt

Ich seh ein Kind
Es winkt mir still
An diesem Ort, der mir so fremd
Dann ist es fort mit anderm Ziel
In Auschwitz war´s ein böses Spiel
Hier, wo die Zeit die Toten kennt

Der Drahtzaun jetzt ist ohne Strom
Kein Mensch, der tot an ihm verlischt
Ein Drahtzaun mahnt als letzter Hohn
Kein Hass, kein Mord, kein toter Sohn
Und keine Mutter, die zerbricht

Als ich dann geh
Bin ich nicht stumm
Courage braucht es, Mut zum Wort
In Auschwitz war's – ich dreh mich um
In unsrer Zeit braucht's Kraft und Mumm
Gedenken, Trauer, diesen Ort

Auf der Reise

Immer auf der Reise
Gleich ob Frau ob Mann
Straßen oder Gleise
Niemals kommt man an

Manchmal hält man inne
Wartet auf das Glück
Dann schärft man die Sinne
Geht es vor?
Zurück?

Menschen trifft man immer
Auf der Fahrt durchs Sein
Oft läuft man durch Trümmer
Über Stock und Stein

Viel muss man verlieren
Eh man was gewinnt
Oft will man sich zieren
Weil die Seele spinnt

Dann geht's wieder weiter
Lang bleibt man nicht stehn
Traurig oder heiter
Spuren die verwehn

Bis zum letzten Tage
Zieht man durch die Welt
Und es bleibt die Frage:
Gibt es was, das hält?

Ist man dann gestorben
Geht's dann weiter fort?
Gibt's dann noch ein Morgen?
Gibt's den fernen Ort?

Weitergehen

Hast im Leben tausend Fragen
Manchmal auch Millionen Klagen
Willst so viel und fühlst dich klein
Willst so gern was Großes sein
Willst was ganz Verrücktes wagen

Warum gehst du jetzt nicht los
Worauf wartest du denn bloß
Kannst im Leben alles wagen
Musst nur einfach endlich starten
Mach dich selber endlich groß

Hör nicht auf die vielen Zweifler
Packs jetzt an mit deinem Eifer
Weiß, solang du atmest, lebst
Wenn du kämpfst und weitergehst
Wird dein Leben stetig reifer

Bau dir deine Himmelsleiter
Ja, für dich geht's immer weiter
Stehenbleiben gibt's da nicht
Los geh weiter, hoch ans Licht
So nur fühlst du dich befreiter

Intensivstation

Die Mutter liegt im Krankenhaus
Auf einer Intensivstation
Tief in mir drin sieht's düster aus
Die Mutter liegt im Krankenhaus
Ich lieb sie sehr, ich bin ihr Sohn

Geh jeden Tag zu ihr dorthin
Dort scheint mir alles fremd, steril
Die Mama wollte nie dorthin
Und ich geh jeden Tag dorthin
Hoff auf ein Wunder, gar nicht viel

Die Apparate piepsen leis
Die Schläuche liegen überall
Der Kreislauf ist mal dünn, mal heiß
Ich weiß nicht mehr, was sonst ich weiß
Mein Leben ist in freiem Fall

Hab so viel Fragen in mir drin
Stell sie dem Arzt, der Schwester auch
Wie geht's nur weiter, wo geht's hin?
Tief hämmern Fragen in mir drin
In meinem Hirn zieht Angst und Rauch

So viel geht mir durch Mark und Sinn
Und durch mein Herz, das schmerzt so sehr
Geh jeden Tag zu ihr dorthin
Und weiß ansonsten nicht wohin
Ach, meine Seele wiegt so schwer

Manchmal spricht Mama leis ein Wort
Das ist so kostbar, wichtig, lieb
An diesem schwierig schweren Ort
Zählt jedes Streicheln, jedes Wort
Zählt mein Gebet, dass leise zieht

Die Schnabeltasse auf dem Tisch
Mit Wasser, Brei gefüllt nur halb
Ach Mama, warum trinkst du nicht
Ich halt die Tasse doch für dich
Kommst du nach Hause wieder – bald?

Die Mutter ist im Krankenhaus
Auf einer Intensivstation
Mit meiner Hoffnung halt ich's aus
Bin jeden Tag im Krankenhaus
Ich lieb sie sehr, ich bin ihr Sohn

Aufbruch

Ich schau mich um
Bemerke irgendwie nur Proll und Angst
Worum du bangst
Mag Liebe sein und Freude
Doch bleibt nur Sehnsucht nach dem
Leben
Dummheit, nichts zu geben
Eine Sehnsucht nach dem Anderssein
Doch bleibt am Ende nur ein fader
Schein

Ich dreh mich um
Irgendwo liegt da wohl ein Mensch im Dreck
Ein Blitz, ein Schreck
Doch will ich ihn nicht sehen
Will wieder weg mich drehen
Doch bleibt mein Blick
Ein kleines Stück
Wie ein Magnet
Er geht nicht fort
Ich hab für ihn ein kleines Wort:
„Ach"

Ich wend mich ab
Von dieser Welt, die doch nur hasst!
Zu viel verpasst?
So gar nichts mehr gefunden?
Es bleibt die Hoffnung, unumwunden!
Die Hoffnung auf mich selbst
Doch lauf ich immer weg
Fort von all dem stinkend seichten Dreck
Ich find mich nirgends wieder
Blöd!

Ich mach mich auf – jetzt
In eine ungewisse Zukunft
Wie jeder hier – und da
Bin voller Tatendrang, noch immer
Nichts scheint mir schlimmer
Als ein allzu tristes Leben
Ich muss doch leben und bestehen
Schau schnell nach vorn
Ich tat's ja immer
Und spür in meinem Herzen plötzlich
Mich!

Quote

Im Märchen-Land gibt's Arbeit satt
Doch sind so viele ohne Job
Da kam von dort, wo's gar nichts hat
Der Ali in die Märchen-Stadt
Der freute sich auf Geld, Haus, Lob

Auch Jan, der hiesige, wollt viel
War hochstudiert und jung und fit
Doch gab man ihm kein Job, kein Ziel
Er war von hier
Er wollte viel
Doch auf dem Amt gab's keinen Tipp

So stellte man den Ali ein
Den Jan ließ man allein, im Stich
Die Quote sagte nämlich fein:
Für Ausländer muss Arbeit sein!
Für Einheimische gibt's sowas nicht!

Der Ali tat die Arbeit gut
Der wusste nichts von Quoten, nein
Doch mancher hier bekam schnell Wut
Auch hierzulande konnt' man's gut
Doch durfte Jan kein Fachmann sein

Nun stellt sich eine Frage mir:
Wenn's Arbeit gibt so satt und viel
Warum bekommt der Jan hier nichts?
Warum lebt er so fern des Lichts?
Er hat doch auch ein Traum, ein Ziel

Politiker stehn gern im Licht
Erfüllen Quoten – das bringt Geld
Die Not im Volk berührt sie nicht
Nur noch die Gier nach Macht und Licht
Das scheint die gut-gerechte Welt

Ein Spalt zerteilt jetzt Volk, das Land
Man hasst oft Fremde, die so viel
Kommt's bald vielleicht zum großen Brand?
Weil nichts gerecht im Märchen-Land
Für Ali bleibt's doch nur ein Spiel

Man sagt, im Land gibt's Arbeit satt
Doch sind manch' Leute hier nicht froh
Weil Ali Auto, Häuschen hat
Bleibt Jan hingegen arm und matt
Was stimmt da nicht?
Was sowieso?

Die Antwort fällt mir da nicht ein
Ich bin nicht böse
Mir geht's gut
Doch trinkt hier wohl nicht jeder Wein
Macht man's dem Ali immer fein?
Schürt längst im Land sich Hass und Wut?

Betrachtung

Hast gerad die Schlacht gewonnen
Sonnst dich in manch heißen Sonnen
Plötzlich kommt ein Schicksalsschlag
Denkst nicht mehr an Nacht und Tag
Fühlst nur noch den herben Schlag
Fragst, wofür soll's Leben lohnen

Himmel, Hölle, Satans Feuer
fallen in dein glattes Leben
Deine Seel brennt ungeheuer
Nein, es kommt kein Tag, kein neuer
Und es glüht dies Teufelsfeuer
Plötzlich hast du nichts zu geben

Aber da, aus deinen Träumen:
Licht dringt in die Finsternis
Da lässt du den Teufel schäumen
Suchst nach neuen Lebensräumen
Jenseitig von bösen Träumen
Jenseits aller Düsternis

Neu beginnt dein Herz zu schlagen
Kommst gestärkt aus deiner Krise
Dort, wo alte Trümmer lagen,
wirst du mutig alles wagen
Nein, du bist nicht mehr zu schlagen
Fühlst dich kraftvoll wie ein Riese

Zwei Monde

Es kreisten einmal zwei einsame Monde
Um einen sehr kleinen Planeten herum
So manches Mal, ach, kam vorbei eine Sonde
Und erforschte dann jene zwei einsame Monde
Ansonsten bliebs immer recht trist und sehr stumm

Wie diese zwei Monde, so kreise auch ich
Immerzu, immerfort um mich selber herum
Es fehlt an der Freude und wohl auch an Licht
Wie zwei dunkle Monde, so kreise auch ich
Und alles bleibt einsam, bleibt trübe und stumm

Doch ganz in der Ferne strahlt hell eine Sonne
Zu der will ich hin, doch sie scheint viel zu weit
Denn dort, wo ich einsam noch friere und wohne
Fehlt Liebe und Leben, ist nie eine Sonne
Und erst, wenn ich aufbrech, bin ich bald befreit

So breche ich aus, mach mich flugs auf die Reise
Hin zu jenem Licht, denn ich brauch es doch so
Und plötzlich verspür ich, noch still und sehr leise
Die Sonne kommt näher, das Ziel meiner Reise
Und endlich, da fühl ich mich frei und bin froh

Ein Mann

Ein Mann geht durch die kalten Zeiten
Er fühlt sich schlecht,
er fühlt sich krank
Er will wohl nirgends lange bleiben
Zieht rastlos nur durch alle Zeiten
Sitzt manchmal lang auf einer Bank

Ich seh ihn dort am frierend´ Teiche
Er schlägt den Kragen ziemlich hoch
Und sein Gesicht scheint mir sehr bleiche
An jenem kalten, frierend´ Teiche
Dort auf der Bank,
beim Mauseloch

Lang schaut er einfach so nach Norden
Mir ist´s, als wenn er sterben wollt
Vielleicht hat er zu große Sorgen
Er schaut so still
und stets nach Norden
Bis das die Nacht ihn überrollt

Und plötzlich ist er fort, verschwunden
Nur diese Bank zeugt noch von ihm
Da wird es klar mir unumwunden
Wohl ist er fort nicht
und verschwunden
Denn er ist *ich*, tief in mir drin

Die Muschel

Ich fand sie dort am langen Strand
Die große Muschel, ganz in weiß
Sie lag so einsam da im Sand
Die schöne Muschel dort am Strand
Und Sommer war es, schwül und heiß

Ich hob sie auf, hielt sie ans Ohr
Es rauschte so geheimnisvoll
Welch Engel sie wohl hier verlor
Ich hielt sie einfach nur ans Ohr
Und plötzlich fühlte ich mich wohl

Die Kinder sprangen um mich rum
Das Wasser kühlte, war so frisch
Die Muschel lag am Strand herum
Und Kinder sangen um mich rum
Und manchmal auch ein kleiner Fisch

Ich dacht', ob ich jetzt baden geh
Mal so ins Wasser, wär's nicht toll
Gar friedlich lag die wilde See
Ob ich vielleicht mal baden geh
Im Wasser wär's so wundervoll

Da sprach die Muschel lieb und leis:
„Du bist doch frei, los, spring' ins Nass"
An jenem Strand, der lang und weiß,
war's wunderschön und ziemlich heiß
Im Wasser hatte ich viel Spaß

Die Muschel nahm ich mit ins Meer
und ließ sie frei, sie tauchte schnell
Der Tag fiel leicht mir, gar nicht schwer
Ich nahm die Muschel mit ins Meer
Und plötzlich ward manch Trübes hell

All jene Sorgen, tief in mir,
die nahm die Muschel mit sich fort
Mir schien, sie lag für mich nur hier
Sie nahm die Nöte tief in mir
Verzauberte die Welt, den Ort

Fast wie ein Kind sang ich und sprang
am Ufer her und wieder hin
Ich hör noch heut der Muschel Klang
Sie rauschte leis und lieb und lang
Sie gab mir neuen Lebenssinn

Ich fand sie da am Meeresstrand
Die weiße Muschel, groß und weiß
So manches Jahr zog übers Land
Ihr Rauschen blieb mir, da am Strand
Und Sommer war´s
So schön und heiß

Am Berg

Dort oben in den Bergen
bin ich auf meiner Flucht
Mein Leben liegt in Scherben
Ich hab mich selbst gesucht

Wo Grenzen sich verwischen,
wo Sonn und Nebel ziehn,
wo Schnee friert in den Nischen,
dort muss es aufwärts gehn

Ein Hagel schlägt hernieder,
in mein Gesicht hinein
Und dunkel wird's und trüber
Ich fall auf harten Stein

Verwirrt all die Gedanken
von mir und auch vom Glück
Schon will die Seele kranken,
verderben Stück um Stück

So stärker peitschen Stürme,
vernichten mich am Berg
Egal, ob ich erzürne,
ich bin ein armer Zwerg

Es bebt unter den Füßen,
es bebt in meinem Herz
Ich schmeck den Schnee, den süßen
Ich starre himmelwärts

Bis ich im Traum ertrunken
Der rettet mich vorm Tod
Im Berg schon fast versunken,
genährt von Gottes Brot

Ich stürm des Gipfels Spitze
Das hätt ich nie geglaubt
Nackt, ohne Hemd und Mütze,
hab ich dem Berg vertraut

Da oben in den Bergen
Dort endet alle Flucht
Nichts liegt in Bruch und Scherben
Ich hab mich lang gesucht

ROSEN

Es war der dritte und letzte Verhandlungstag. Der arbeitslose Gauner Eddi Johns war angeklagt, den Banker James Miller aus Habgier ermordet zu haben. Auf einem Friedhof sollte er den Banker abgefangen haben, als dieser gerade dabei war, seinem Vater einen Strauß seiner geliebten gelben Rosen aufs Grab zu legen. Eddi wollte Geld von ihm. Doch als dieser ihm keines geben konnte, schoss er auf ihn. Der Banker starb noch auf dem Grab seines Vaters. Auch der starb vor wenigen Wochen unter merkwürdigen Umständen. Der Mord wurde von einem angetrunkenen Obdachlosen beobachtet, der sein Nachtlager in unmittelbarer Nähe des Grabes aufgeschlagen hatte. Eddi leugnete jedoch bis zur letzten Minute. Schließlich wurde er freigesprochen. Denn obwohl man dem Obdachlosen glaubte, konnte die Waffe, mit welcher er umgebracht wurde, nirgends gefunden werden. Damit schien der Fall abgeschlossen. Eddi verließ als freier Mann das Gerichtsgebäude. Millers Mutter aber blieb verstört und allein gelassen zurück. Ihre Trauer war unbeschreiblich. Sie konnte den Verlust des einzigen Sohnes einfach nicht verkraften. Ihr ging es von Tag zu Tag immer schlechter. Ein klein wenig Trost fand sie bei ihren geliebten gelben Rosen. Überall im Garten hatte sie diese wunderschönen Blumen angepflanzt. Sehr oft sprach sie mit ihnen. Und gerade jetzt, wo sie in so kurzer Zeit hintereinander den Mann und den Sohn verlor, weinte sie sich bei ihren Rosen aus. Beinahe jeden Tag ging sie auf den Friedhof, um am Familiengrab, in welchem nun auch ihr geliebter Sohn lag, zu trauern. Jedes Mal nahm sie einen Strauß ihrer gelben Rosen mit. Sie konnte nicht mehr allein zu Hause sein. Zu schwer wog der Verlust. An einem Sonntag ging sie wieder einmal völlig verzweifelt zum Grab. Sie hatte zwei große Sträuße gelber Rosen bei sich. Als sie vor dem Grab stand, brach sie weinend zusammen. Dabei fielen ihr die Sträuße aus der Hand. Sie landeten auf der Wiese neben dem Grabstein. Als sie die Blumen wieder aufheben wollte, bemerkte sie etwas Glänzendes, welches sich unter den Blumen im dichten Gras verbarg. Als sie das Gras etwas beiseite drückte, erstarrte sie vor Schreck … im Gras lag ein Revolver! Sie holte den Friedhofsverwalter und der alarmierte die Polizei. Da sich der Fundort in unmittelbarer Nähe des Grabes befand, hatten die Ermittler einen ganz bestimmten Verdacht. Vermutlich war das die Waffe, mit der Eddi den Banker erschossen hatte. Der Revolver wurde auf Fingerabdrücke untersucht. Und wirklich – auf der Waffe fanden die Ermittler seine Fingerspuren. Eddi gestand alles. Doch beim Verhör gab es plötzlich Unklarheiten. Eddi beteuerte, die Waffe in einen Fluss geworfen zu haben. Er beschrieb sogar, an welcher Stelle er den Revolver ins Wasser warf. Die Ermittler untersuchten das gesamte Gelände, welches Eddi beschrieb. Doch einen Revolver fanden sie nicht.

Dafür aber einen wunderschönen Strauß gelber Rosen. Irgendjemand hatte sie in den Papierkorb, der am Flussufer neben einer weißen Holzbank stand, geworfen. Einer der Ermittler nahm den Strauß aus dem Korb. Dabei fiel eine kleine weiße Tüte heraus. Darauf war der Schriftzug „Arsen" zu lesen. Sofort wurde der Rosenstrauß zur Gerichtsmedizin gebracht. Es stellte sich heraus, dass die Tüte ebenfalls Eddi gehört hatte. Denn neben den Fingerspuren, welche auf der Tüte gesichert werden konnten, fanden die Ermittler auch einen kleinen Notizzettel, auf dem der Name und die Adresse von Millers Vater stand. Es war eindeutig Eddis Handschrift! Nun konnte auch der rätselhafte Tod von James Millers Vater aufgeklärt werden. Als die Ermittler Eddi mit dem Rosenstrauß, in welchem sie die Arsentüte fanden konfrontierten, bestritt dieser, jemals einen Rosenstrauß in seinen Händen gehalten zu haben. Er litt seit seiner Kindheit an einer seltenen Rosenallergie.

DIE ALTE BAR

Manchmal, wenn ich allein zu Hause sitze, erinnere ich mich an die alten Zeiten. Dann krame ich mir die alten Fotos aus dem Schrank und verbeiße mir so manche Träne. Ja, es war schon eine ereignisreiche Zeit, damals, vor 30 Jahren. Auf einem Foto entdeckte ich eines Tages auch unsere kleine alte Bar. Dort hatte ich damals meinen Ehemann Jim kennen gelernt. Die Musik, der Blues „What a Wonderful World" mit Louis Armstrong. Ich höre es noch, als wären all die vielen Jahre nicht vergangen. Ich sah mich mit Jim an einem der wackeligen Holztische sitzen und Rotwein trinken. Ach, wir konnten uns damals kaum etwas leisten. Aber in die kleine Bar gingen wir dennoch immer, wenn wir Zeit hatten. Damals lebten wir noch in einem herunter gekommenen Zimmer mitten in Boston. Wenn wir miteinander tanzten, dann war es so, als kannten wir uns schon eine Ewigkeit. Und dann heirateten wir. Irgendwann zogen wir weg aus der Gegend. Dann kamen die Kinder, die Karriere, das Haus, die Scheidung. Tränen liefen mir übers Gesicht. In die alte Bar sind wir seither nie mehr gegangen. Ich klappte das Fotoalbum zu und beschloss, nach Bosten zu fahren. Noch einmal wollte ich nach der Bar suchen, vielleicht gab es sie ja noch. Mir war nach Erinnerungen und die Neugierde ließ mir einfach keine Ruhe. Ich zog eine Jacke über, stieg ins Auto und fuhr nach

Boston. Natürlich konnte ich mich nicht mehr genau erinnern, wo sich die Bar befand. Aber ich erinnerte mich noch, dass sie wohl zwischen zwei zierlichen runden Gebäuden stand, die aussahen wie Türmchen. Und tatsächlich, nachdem ich mich mehrmals verfahren hatte, entdeckte ich die winzige Seitenstraße mit den beiden Türmchen. Sogar die Bar gab es noch. Doch die Fenster waren vernagelt und das Schild überm Eingang, welches mir damals viel größer erschien, hing nur noch an einer alten Stromleitung und pendelte im Wind hin und her. Die Schrift darauf war nicht mehr zu erkennen. Ich erinnerte mich, dass wir damals heimlich, um nicht den Eintrittspreis zahlen zu müssen, durch einen Nebeneingang, den ausschließlich das Personal nutze, hinein gingen. Ich suchte nach diesem Nebeneingang. Und ich fand ihn. Er stand offen. Vorsichtig trat ich ein. Unter meinen Schuhen knirschten Glasscherben der zerbrochenen Fensterscheiben. Die schmale Treppe, die zum Tanzsaal hinaufführte, war total verdreckt. Überall lagen zerfetzte Zeitungen und Unrat herum. Es roch muffig und alt. Sogar die Pendeltür zum Saal gab es noch. Ich stieß sie auf und stand augenblicklich in meiner eigenen Vergangenheit. Durch die Spalten der Bretter, die vor die Fenster genagelt wurden, fiel etwas Sonnenlicht auf das zerschundene Parkett. Das Licht verfing sich im Staub des leeren Raumes und verzauberte ihn regelrecht. In der Mitte des Saales stand vergessen ein kaputter Stuhl herum. Ich setzte mich, und was dann geschah, erscheint mir noch heute wie ein Wunder. Als ich mit meinen Fingern an der Unterseite des Stuhles entlang tastete, stieß ich auf etwas Weiches, das unterm Sitzpolster klemmte, es schien Papier zu sein. Ich zog es hervor und betrachtete es. Es war eine alte Zeitungsseite aus dem Jahre 1976. Unter einem langen Text konnte ich ein Foto sehen. Es war schon recht vergilbt. Aber ich konnte genau erkennen, was, oder besser gesagt *wer* darauf abgebildet war: Jim und ich, wie wir auf dem Parkett tanzend unsere Runden drehten. Ich konnte es nicht fassen, wir beide, damals vor über dreißig Jahren, unbegreiflich. Mir schien es beinahe so, als sollte ich diese Zeitung finden. Denn plötzlich knackte es draußen vor der Pendeltür. Ich erschrak und schaute ängstlich zur Tür. Was, wenn irgendwelche Gauner hereinkämen? Oder vielleicht Obdachlose, die das verfallene Haus für sich okkupiert hatten? Doch es kam ganz anders. Als das Knacken und Knirschen verstummte, stieß jemand die Pendeltür auf. Durch das staubige Sonnenlicht konnte ich zunächst nicht sehen, wer da gekommen war. Langsam erhob ich mich von meinem Stuhl. Und jetzt konnte ich sehen, wer dort stand: Jim! Er schaute mich an und wir sprachen kein Wort. Wie konnte das nur möglich sein? Woher wusste er, dass ich ausgerechnet heute hier sein würde? Ich konnte mir all das nicht erklären. Doch es war real, Jim stand wirklich vor mir! In diesem Augenblick spürte ich einen heftigen Stich im Herzen. Mir schossen die Tränen in die Augen. Ich konnte meine Gefühle nicht mehr kontrollieren. Jim lächelte mich an und sprach noch immer kein einziges Wort. Und auch ich konnte nichts sagen, mir hatte es regelrecht die Sprache verschlagen. Das konnte einfach kein Zufall sein! Wir liefen aufeinander zu und umarmten uns. Wir konnten uns nicht mehr loslassen und in diesem Moment war es so, als gäbe es nichts, dass uns noch trennen konnte. Was für ein faszinierender märchenhafter Augenblick. Wir küssten uns und tanzten so wie damals unsere Runden – quer durch den Saal. Und wie im Märchen ertönte der alte Blues, zu dem wir schon damals getanzt hatten: „What a Wonderful World" mit Louis Armstrong. Wir konnten unser Glück nicht fassen. Stundelang tanzten wir zu einer Musik, die eigentlich gar nicht da zu sein schien. Als es draußen langsam dunkler wurde, hielten wir uns noch immer in den Armen. Wir wussten in diesem magischen Augenblick genau – es musste ein Zeichen sein, dass wir uns genau zu diesem Zeitpunkt in dieser kleinen verfallenen Bar mitten in dieser riesigen Stadt wiederfanden. Es war fantastisch und unwirklich zugleich. Es war unfassbar! Als wir gemeinsam die Bar verließen schien es uns, als wollte sie sich von uns verabschieden. Ein seltsam trauriges Gefühl schwebte in der Luft. Wir bedankten uns beim Verlassen des alten Gebäudes für diese wundervolle Schicksalsfügung. Und irgendwie schien es, als wünschte uns die alte Bar alles erdenkliche Glück dieser Welt. Jim und ich lebten seitdem wieder zusammen. Und es begann eine intensive und liebevolle Zeit, die wir dankbar entgegennahmen. Ein Jahr später, es war unser Hochzeitstag, wollte Jim wieder zur alten Bar zu fahren. Vielleicht konnten wir dort wie früher tanzen und dem alten Blues lauschen. Dazu nahm Jim einen kleinen CD-Player mit. Er hatte sich vor Jahren die CD mit unserem Lied gekauft. Wir fuhren nach Boston, doch das Gebäude, unsere kleine Bar zwischen den Türmchen gab es nicht mehr. Sie war weggerissen worden. An der Stelle, an welcher sie stand, befand sich nur noch ein Trümmerhaufen. Das Merkwürdigste aber war, dass wir neben dem Schutthaufen einen alten Stuhl fanden. Ich betrachtete ihn mir genau und fand die alte Zeitungsseite mit unserem Foto unter dem Sitzpolster. Ich zog sie heraus und steckte sie ein. Dann erkundigten wir uns in einem Antiquitätenladen ganz in der Nähe, wann das Gebäude weggerissen wurde. Die freundliche Inhaberin schaute uns irritiert an. Offensichtlich wunderte sie sich über diese Frage. Schließlich meinte sie kühl: „Die Bar gibt es schon seit dreißig Jahren nicht mehr. Sie ist damals bis auf die Grundmauern abgebrannt. Seitdem liegt der Schutthaufen hier herum und keiner kümmert sich mehr darum." Wir konnten es nicht glauben. Doch plötzlich erklang Musik aus der Ferne ein Blues, welcher uns beiden sehr bekannt vorkam und uns die Tränen in die Augen trieb: „What a Wonderful World" mit Louis Armstrong. Und wir tanzten in dem kleinen Laden dazu, als sei die Zeit niemals vergangen.

DER FLUCH

Christin liebte die schier endlosen wunderschönen Weinberge. Diese Weite und die Ursprünglichkeit dieses herrlichen Landes hatte sie tief in ihr Herz geschlossen. Nie wollte sie fort von hier. Und nie konnte sie sich auch nur im Entferntesten vorstellen, für einen Mann all das aufzugeben. Ewig wollte sie hierbleiben, allein. Der kleine Weinbetrieb, den damals schon ihr Vater bewirtschaftete, schien ein Stück von ihr selbst zu sein. Sie opferte sich für ihn auf und der Wein gedieh wie sonst keiner. Nach der Lese wurde in jedem Jahr ein köstlicher Wein auf den Markt gebracht. Doch es gab einen Wermutstropfen, der die Stimmung in jenem verhängnisvollen Jahr trübte. Es war die Reblaus, die urplötzlich große Mengen der Weinstöcke vernichtete. Und es kam so, wie sie es niemals dachte – es konnten nicht mehr so viele Flaschen wie in den vorherigen Jahren auf den Markt gebracht werden. Das bedeutete, dass nicht mehr alle Kunden zufrieden gestellt werden konnten. Sie sprangen ab. Und viel zu schnell sprach sich das Debakel herum. Beinahe 70 Prozent aller Kunden kündigte ihre Verträge. Christin konnte das einerseits zwar verstehen, doch anderseits hatte sie geglaubt, die alten Freunde hielten noch zu ihrer Familie. Leider blieben auch sie dem Weingut fern. Und so dachte Christin bereits über den immer näher rückenden Konkurs nach. Eines Tages dann das nicht mehr abwendbare

Desaster – das Weingut war bankrott! Und als ob das noch nicht das Schlimmste sei, hatte sich wegen der Neuinvestitionen ein kapitaler Schuldenberg angehäuft. Christin wusste keinen Ausweg mehr. Der Konkursverwalter sprach nicht mehr nur von Entlassungen und vom Verkauf des Weingutes. Nein, er wollte nun auch an das Elternhaus, welches sich so friedlich und harmonisch an die Weinberge schmiegte. Das konnte Christin unmöglich zulassen. Aber was sollte sie nur tun? Abend für Abend saß sie mit ihrem treuesten und besten Freund, dem verständnisvollen Arbeiter Jo im Weinkeller beim Heurigen. Sie mochte ihn wirklich sehr und er hatte nicht nur Augen für Christin übrig. Doch er schwieg und ließ sich nichts anmerken. Nur sein Herz, das sprang ihm bald vor Trauer aus der Brust, als er seine geliebte Christin so leiden sehen musste. Irgendwie hofften ja beide, dass ihnen vielleicht beim köstlichen Wein etwas einfiel. Doch die Flaschen leerten sich und die Köpfe waren es auch. Keine Idee, keine Hoffnung, keine Aussicht. Es war sehr kühl hier unten und so brachte Jo zu jedem Treffen einen Kerzenleuchter mit nach unten, damit es ihnen etwas wärmer und gemütlicher zumute war. Als Jo die Kerzen entzündete, wärmten sich die beiden ihre kalten Hände an den kleinen Flämmchen. Doch am Abend vor der Zwangsversteigerung geschah etwas Seltsames. Wieder saßen sie zusammen beim Wein und sannen nach einem Ausweg. Das Personal war bereits entlassen und die letzten

Fässer würden am folgenden Tag unter den Hammer kommen. Da hieß es nur: trinken, was das Zeug hielt! Die Kerzen verbreiteten ein angenehm warmes Licht und die Christin konnte ihre Tränen nicht mehr zurückhalten. Jo traute sich etwas näher an Christin heran und drückte sie ganz fest an sein Herz. Plötzlich fuhr ein kaum wahrnehmbarer Luftzug durch den Keller. Die Kerzen flackerten ein wenig. Jo, dem das aufgefallen war, rüttelte die noch immer weinende Christin ganz sachte. „Schau mal, woher kommt denn der Wind? Alle Türen sind dicht und Fenster gibt's hier keine." Christin schaute zuerst zu Jo und dann auf die Kerzen. Da, wieder bewegte ein unmerklicher Luftzug die Flamme der Kerzen. Christin wischte sich die Tränen aus ihrem Gesicht. „Tatsächlich", sagte sie dann leise, „wie kann das nur sein? Da muss doch irgendwo eine Öffnung sein, oder?" Jo nickte verlegen. Die beiden erhoben sich und gingen die lange Reihe der Weinfässer entlang. Doch nirgendwo gab es auch nur einen einzigen Hinweis auf eine Öffnung oder einen Spalt in der Mauer oder in der Decke. Am Ende des endlos lang gezogenen Kellers wollten sie wieder umkehren. Da bemerkte Jo, dass sich eine der Steinfliesen unter ihren Füßen bewegte. Mehrmals trat Jo auf sie und rüttelte mit seinem Fuß an ihr. Die Fliese schien nicht fest auf dem Boden zu liegen. Er bückte sich und konnte tatsächlich die Fliese vom Fußboden nehmen. Christin fand das mehr als merkwürdig. Zusammen rüttelten sie an den umliegenden

Fliesen. Es handelte sich wahrhaftig nicht um die einzige Fliese, die locker war. Gemeinsam hoben sie die lockeren Fliesen vom Boden auf. Sie gaben schließlich die Sicht auf eine Stein-Tür, die in den Boden eingelassen war, frei. Sie war rund und an deren Rand befand sich eine Einkerbung. Vermutlich konnte man die Tür dort öffnen. Doch so sehr sie sich auch mühten, sie bekamen die Tür nicht auf. Sie schien fest mit dem Boden verwurzelt zu sein. Ratlos setzten sich die beiden an den Rand der Tür. Aus einer Werkzeugkiste, die in einer Ecke herumstand, holte Jo ein Stemmeisen. Doch auch damit ließ sich die Tür nicht bewegen. Christin schaute auf die zahlreichen Weinfässer. Sollte all die viele jahrzehntelange Arbeit, die Arbeit ihres Vaters, ja ihrer gesamten Familie umsonst gewesen sein? Gedankenlos las einen der Sprüche, die auf dem Fass vor ihr eingebrannt war und hatte dabei schon wieder Tränen in den Augen. Doch welch Wunder, ein seltsames Vibrieren ließ den Keller erzittern. Die beiden glaubten schon an ein Erdbeben. Aber es war kein Beben. Es war die Stein-Tür, die sich rumpelnd und ganz langsam zur Seite bewegte. Christin und Jo konnten es nicht fassen. Sollte tatsächlich der Spruch bewirkt haben, dass sich die Tür öffnete? Fassungslos starrten die beiden auf das rätselhafte Geschehen. Als die Tür vollständig zur Seite geschwenkt war, gab sie den Blick in einen pechschwarzen Tunnel frei. Was verbarg sich dort? Was befand sich hinter dieser Tür? Nie hatte ihr der Vater oder die Mutter etwas von dem Tunnel berichtet. Sollten sie jetzt dort hinein gehen? Jo fasste sich als erster: „Komm Christin, wir gehen rein! Was haben schon zu verlieren? Der Weinberg ist doch sowieso verloren." Christin musste ihm zustimmen und war mit seinem Vorschlag einverstanden. Sie standen auf und kletterten in den Tunnel hinein. Nachdem sie in dem schwarzen Höllenschlund verschwunden waren, schloss sich die Tür über ihnen wieder. Erschrocken sahen sie mit an, wie sich das Tor zur Freiheit verschloss. Wie sollten sie hier je wieder herauskommen? Sie wussten es nicht, schienen in dem schwarzen Loch gefangen zu sein. Doch plötzlich vibrierte es erneut! Der schwarze Schlund verwandelte sich in einen hellen Kellerraum. Wie war das nur möglich? Wo kam das Licht so plötzlich her? Überall an den felsigen Wänden hingen Bilder und inmitten des Raumes stand ein Tisch mit einem riesigen goldenen Kerzenleuchter. Die langen goldfarbenen Kerzen verbreiteten dieses wohlig warme Licht. Die beiden trauten ihren Augen nicht. Wer lebte hier unten? Als hätte jemand diese Frage gehört verfärbte sich plötzlich die Felswand und ein alter Mann in einem schwarzen Umhang stand vor ihnen. Christin starrte wie gebannt auf diesen Zauber. Sie konnte nicht glauben, was sie da sah. Vor ihr stand ihr verstorbener Vater! Auch Jo musste sich an den schroffen Felswänden festhalten. War so etwas überhaupt möglich? All das grenzte an Magie, an Zauberei. Oder hatten sie nur zu viel Wein ge-

73

trunken? War das schon das Delirium? Nein! Denn auf einmal sprach der Mann zu ihnen: „Christin, wie schön, dass Du gekommen bist. Meine geliebte Tochter. Nun weiß ich, dass Du endlich jemanden gefunden hast, der Dich liebt. Möge ewiges Glück Euch beiden zuteilwerden. Der Zauber ist damit ausgelöscht. Und es wird wieder Wein geben, Wein in unseren Weinbergen!" Der Mann verschwand und Christin stand noch immer weinend vor der fahl schimmernden Felswand. Von welchem Fluch hatte da ihr Vater gesprochen? Und warum machte sich ihr eigener Vater über ihr Unglück lustig? Fassungslos hielt sie sich ihre Hände vors Gesicht. Jo kam näher und streichelte Christin über ihre langen schwarzen Haare. Dann meinte er nur: „So sei es. Lass uns zurückgehen." Und als ob auch dieser Satz gehört wurde, schob sich die Felsentür beiseite und die beiden kletterten aus dem Loch in den Weinkeller zurück. Die Tür verschloss sich und selbst die Einkerbung, sowie ihre Umrisse verschwanden vor ihren Augen. Nichts deutete mehr darauf hin, dass hier jemals eine Tür gewesen sei. Noch immer unter dem Einfluss des soeben Erlebten stehend schauten sich die beiden lange in die Augen. Hatten sie das alles vielleicht doch nur geträumt? Da vernahmen sie laute Stimmen. Es hörte sich an wie Geschrei, Jubelgeschrei! Das musste von draußen kommen. Die Tür zum Weinkeller wurde aufgerissen und zwei Weinbauern, die Christin bis zuletzt die Treue hielten, stürmten herein: „Hallo Christin! Du glaubst ja gar nicht, was draußen geschehen ist." Christin schaute die beiden misstrauisch an. Was sollte das? Wollten sie nun auch noch die beiden Mitarbeiter verkohlen? „Komm mit raus", riefen sie, „und überzeuge Dich selbst! Und Du auch Jo, kommt mit raus!" Die vier liefen aus dem Weinkeller und standen plötzlich inmitten herrlicher Weinstöcke. Alle überreif und voller gesunder Trauben. Auch die Nacht war vorüber und die Sonne schien vom Himmel als sei nichts geschehen. Kein Zweifel, das musste ein Wunder sein. Dicke Tränen rannen Christin über die rosigen Wangen. Aber es waren Tränen der Freude und der Dankbarkeit. Der Weinberg und das gesamte Weingut schienen gerettet. Der Insolvenzverwalter musste einsehen, dass er hier nichts mehr zu tun hatte. Wie ein Lauffeuer verbreitete sich die Kunde von dem Wunder im Weinberg. Auch die Hausbank gab Christin wieder Kredit. Schnellstens stellte sie das gesamte ehemalige Personal wieder ein und das Weingut schrieb fortan nur noch schwarze Zahlen. Jo aber, der sich schon vor vielen Jahren heimlich in Christin verliebt hatte, heiratete sie endlich. Die beiden wurden ein glückliches Paar und bekamen drei Söhne. Und noch heute sitzen die beiden abends zusammen im Weinkeller und sprechen über die wundersamen Erlebnisse, die ihnen widerfuhren. Der Fluch, von dem der Vater sprach, war ein altes Zitat aus einem keltischen Kalender. Darin wurde dem Weinberg vorausgesagt, dass dieser mit der ersten Tochter, die keinen Mann, der sie ehrlich liebte nach Hause bringt, verderben solle. Als Christin zusammen mit Jo in den Tunnel vordrang, ihr dort ihr eigener Vater erschien, wurde dieser Fluch für immer beseitigt. Denn es war Liebe in allen Herzen. Und die Heirat besiegelte letztlich nur noch das Ende des Fluches. Er hatte fortan keine Macht mehr über das Gut. Und noch heute wacht der Geist des Vaters über dem Weinberg. Manchmal glaubt Christin seine Stimme zu hören, die leise sagt: „Nun weiß ich, dass Du endlich jemanden gefunden hast, der Dich liebt. Möge ewiges Glück Euch beiden zuteilwerden."

DIE TELEFONZELLE

Gerade hatte ich mir ein neues Handy gekauft. Stolz telefonierte ich mit sämtlichen Bekannten und war stundenlang damit beschäftigt, das neue Wunderwerk meinen Bedürfnissen anzupassen. Ich lud mir die verrücktesten Klingeltöne herunter und hörte damit immer und überall meine Musik. Als ich Tage später in den Urlaub fuhr, geschah genau das, womit ich nicht gerechnet hatte. Irgendwo draußen, zwischen zwei riesigen Feldern blieb der Wagen stehen und bewegte sich keinen Meter mehr vorwärts. Fluchend schlug ich auf das Lenkrad ein. Doch alles Schimpfen nutze nichts, der Wagen funktionierte nicht mehr und musste wohl abgeschleppt werden! Genervt griff ich nach meinem nagelneuen Handy und wollte den Abschleppdienst anrufen. Doch ich konnte es nicht glauben, es ließ sich einfach nicht einschalten. Mir fiel ein, dass ich am gestrigen Abend noch stundenlang daran herumgestellt hatte. Vermutlich war der Akku leer. Voller Wut warf ich es auf den Beifahrersitz. Zu allem Unglück begann es auch noch zu regnen. Aber es half nichts, ich musste aussteigen, um Hilfe zu holen. Vielleicht gab es in der Nähe eine Siedlung oder ein bewohntes Haus. Ich stieg aus, zog mir die Jacke über den Kopf und lief los. Zu meinem Glück entdeckte ich an einer Trafostation eine alte Telefonzelle. Entschlossen ging ich hinein. Doch auch dort funktionierte nichts. Das Telefon war, wie ich es mir bereits dachte, tot. Gerade wollte ich die Telefonzelle wieder verlassen, da hielt ein klappriger Lieferwagen und drei maskierte Männer sprangen heraus. Ich wollte wegrennen, doch zum Fliehen war es bereits zu spät. Die Männer rissen die Tür auf und brüllten: „Los, Geld raus, her mit den Wertsachen!" Mir rutschte das Herz in die Hose. Entsetzt starrte ich die Männer an und zog umständlich meine Geldbörse aus der Hosentasche. Plötzlich geschah etwas Merkwürdiges. Einer der Gauner griff schon nach der Börse, die ich ihm entgegenhielt, da knarrte und quietschte die Tür der Telefonzelle und schlug unvermittelt und laut zu. Ich konnte gerade noch rechtzeitig meine Hand zurückziehen. Die Gauner aber gaben nicht auf. Sie versuchten mit aller Kraft, die Tür wieder zu öffnen. Doch es ging nicht. Aus irgendeinem Grund ließ sich die Tür nicht mehr öffnen. Abwechselnd schlugen die drei gegen die Scheiben, traten heftig mit ihren Springerstiefeln dagegen. Aber die Tür rührte sich nicht. Nun griffen sie zu härteren Mitteln. Eifrig beschäftigten sie sich damit, große Steine in der Umgebung zusammen zu suchen. Ich ahnte, was sie damit vorhatten. Meine Befürchtungen wurden bittere Realität. Mit aller Kraft schleuderten sie die Brocken gegen die Verglasung der Zelle. Schon bildeten sich lange Risse und ich sah mich bereits leblos am Boden liegen. Da knackte und knirschte es in den Scheiben und sämtliche Risse verschwanden. Die Telefonzelle schien sich selbst zu regenerieren.

Innerhalb von wenigen Sekunden waren die Scheiben wieder vollkommen in Ordnung. Den drei Gaunern, die jene seltsamen Geschehnisse ebenfalls verfolgt hatten, stand das blanke Entsetzen ins Gesicht geschrieben. Auch sie konnten nicht glauben, was sie da sahen. Schnellstens sprangen sie in ihren Wagen zurück und verschwanden. Es dauerte nicht lange, da erschien ein Streifenwagen der Polizei. Die Beamten erkundigten sich, ob ich drei junge Männer in einem alten Lieferwagen gesehen hätte. Noch immer unter Schock stehend schilderte ich ihnen die furchtbaren Geschehnisse. Mein seltsames Erlebnis mit der Telefonzelle aber verschwieg ich. Vor lauter Schreck vergaß ich, die Beamten um Hilfe wegen meines liegen gebliebenen Wagens zu bitten. Erst als sie wieder abgefahren waren, fiel es mir wieder ein. Jedoch kam ich nicht dazu, mich endlosen Selbstvorwürfen hinzugeben. Ich traute meinen Augen nicht, die drei Gauner, die ich schon weit entfernt glaubte, kehrten zurück. Doch diesmal wollte ich mich nicht von den dreien bedrohen lassen. Schnell versteckte ich mich hinter einem Busch neben dem Trafohäuschen. Die drei hielten tatsächlich an und stiegen aus. Schließlich untersuchten sie die Telefonzelle. Dabei gingen sie äußerst rabiat vor. Sie zerfetzten die herum liegenden Telefonbücher und schlugen wie wild auf den Telefonapparat ein. Vermutlich erhofften sie sich auf diese Weise an das Geld im Inneren heran zu kommen.

Auch der Telefonhörer musste daran glauben. Sie rissen einfach das Kabel aus ihm heraus und schlugen ihn dann so lange auf die metallene Telefonbuchkonsole, bis er aufsplitterte und zerbrach. Plötzlich vernahm ich das gleiche Knacken und Knirschen, welches ich bereits von dem letzten Überfall her noch kannte. Laut krachend schlug plötzlich die Tür zu und die drei saßen in der Falle. Sie standen laut brüllend und tobend in der Zelle und kamen nicht mehr heraus. Und zu meiner großen Erleichterung erschein auch der Polizeiwagen. Diesmal allerdings mit Sirenengeheul und Blaulicht. Die Beamten sprangen aus dem Wagen und umstellten die Telefonzelle. Dann befahlen sie den Gaunern, sofort mit erhobenen Händen heraus zu kommen. Und welch Wunder, wie von selbst öffnete sich die Tür und die drei wurden verhaftet. Ich konnte es einfach nicht glauben. Die Telefonzelle hatte mir tatsächlich zum zweiten Mal das Leben gerettet. Schließlich riefen mir Polizeibeamten noch einen Abschleppdienst und mein Wagen wurde in die nächste Werkstatt gebracht. Meinen Urlaub aber trat ich nicht mehr an. Zu tief saß noch der Schreck und zu teuer war auch die Reparaturrechnung der Werkstatt. Doch all das war mir egal. Ich war nur froh, dass ich bei dem Überfall so glimpflich davongekommen war!

DER ALTE HELM

Ken hatte eine Schwäche für Motorräder. Er fühlte er sich schon wie ein Biker. Mit einer Harley durch die Gegend düsen, davon träumte er. Doch leider reichte sein Geld, welches er sich bei seiner Arbeit als Gelegenheitsarbeiter in einer kleinen Baufirma zusammensparte, nur für ein kleines klappriges Moped. Aber er achtete es sehr und freute sich, überhaupt ein Zweirad zu besitzen. Denn er hatte sonst keinen, der ihm irgendetwas geben konnte. Mit seinen Eltern lag er seit Jahren im Streit. Sie wollten nichts mit einem Arbeitslosen zu tun haben und enterbten ihn. Als er schließlich auch noch seine Wohnung verlor und als Obdachloser auf der Straße leben musste, blieb ihm nur noch das alte Moped. Aber seine großen Träume, irgendwann vielleicht doch noch mit einer Harley durchs Land zu fahren, verlor er nie. Auf einem Müllplatz neben der Brücke, unter welcher er nächtigte, fand er eines Tages einen alten rostigen Stahlhelm. Er strich ihn mit schwarzer Farbe an und probierte ihn auf. Er passte sehr gut zu seinem zerschlissenen Lederoutfit und stand ihm wirklich ausgezeichnet. So ausgestattet fuhr er, immer wenn er sich wieder etwas Geld erarbeitet hatte, mit seinem Moped durch die Straßen. An einem verregneten Morgen wollte er schon sehr zeitig los, um der erste zu sein, wenn die Arbeit verteilt wurde. Er brauchte dringend Geld und konnte es sich an diesem Tage nicht leisten, zu spät zu kommen. Der Regen wurde immer stärker und leichter Nebel breitete sich über der Landstraße, welche in die Stadt führte, aus. Ken fuhr nicht sehr schnell, konnte jedoch kaum etwas erkennen. In einer Kurve verlor er plötzlich die Gewalt über sein Gefährt. Das Moped kam ins Schleudern und rutschte zur Seite. Kopfüber fiel er die Böschung hinunter, stieß mit dem Kopf an einen Stein und landete geradewegs in einem Kornfeld. Sein Moped krachte führerlos gegen einen Pfeiler und blieb dort liegen. Glücklicherweise hatte er den Stahlhelm auf dem Kopf. Dieser schützte ihn vor Kopfverletzungen, die er sich zwangsläufig bei seinem Sturz zugezogen hätte. Eine ganze Weile lag er so da und starrte in den Regen hinein. Dann erhob er sich und nahm den Helm vom Kopf. Doch was war das? Im Inneren des Helms entdeckte er eine Nummer. Zunächst konnte er sich keinen Reim darauf machen. Doch über der Nummer entdeckte er ein winziges Zeichen, ein Symbol. Es kam ihm irgendwie bekannt vor, irgendwo musste er es schon einmal gesehen haben, nur wo? Da er keinerlei Idee hatte, was es mit der Nummer und dem rätselhaften Symbol auf sich haben könnte, setzte er den Helm wieder auf und suchte sein Moped. Zwar war es sehr verbeult, aber es fuhr noch. So konnte er doch noch zur Arbeitsvermittlung fahren und bekam einen Tagesjob in einer Metallfirma zugeteilt, in welcher er schon sehr gejobbt hatte. Schon als er durch das Firmentor fuhr, wurde ihm einiges klar. Am Tor und auf dem Gebäudetrakt des Betriebes entdeckte er genau das gleiche Symbol, welches auch in seinem Helm eingeritzt war. Er konnte sich jedoch noch immer keine schlüssige Erklärung auf all das geben. Wieso war in seinem Helm ausgerechnet dieses Symbol eingeritzt? Am Nachmittag holte er sich seinen Lohn im Büro ab. Als er auf seinen Abrechnungszettel schaute, entdeckte er die Bankverbindung der Firma. Die Kontonummer glich der rätselhaften Nummer in seinem Helm bis auf die letzten beiden Ziffern. Wie ein Blitz schoss es Ken plötzlich durch den Sinn! Die eingeritzte Nummer gehörte hundertprozentig zu dem Symbol der Firma! Vielleicht war es eine Kontonummer? Auf dem schnellsten Wege fuhr er zurück zu seinem geheimen Lager unter der Brücke. Wieder und wieder schaute er auf die Nummer in seinem Helm. Und immer wieder betrachtete er nachdenklich das Symbol. Plötzlich kam ihm eine verwegene Idee. Er wollte zur Bank fahren und dort erfragen, was es damit auf sich hatte. Dazu notierte er sich die Nummer auf einen Zettel. Schließlich fehlten nur noch ein sauberes Hemd und eine passende Krawatte. Beides fand er in einem Koffer, den er noch besaß. Er stieg auf sein Moped und fuhr los. Tatsächlich hatte die Bank noch geöffnet. Am Schalter gab er vor, seine Bankkarte verlegt zu haben. Aber die Kontonummer könnte er noch sagen. Mit unsicherer Stimme las er die Zahlen von einem Zettel ab. Die Schalterangestellte schaute Ken zunächst sehr misstrauisch an. Dann fragte sie mit gesenkter Stimme, so, als sollte es niemand hören: „Sind Sie zufällig Ken Meyers? Und wenn es so ist, haben Sie Ihren Personalausweis dabei?" Ken wusste nicht, was er sagen sollte, so überrascht war er. Woher wusste die Angestellte seinen Namen? Da er sich aber keiner Schuld bewusst war, nickte er mit dem Kopf. „Ja, das bin ich, wieso", fragte er leise und legte seinen Ausweis auf den Tresen. Wortlos nahm die Angestellte den Ausweis an sich und verschwand in den hinteren Teil des Raumes. Aus einem großen Stahlschrank entnahm sie eine dicke Akte. Mit ihr kehrte sie zurück. „Schauen Sie", sagte sie dann, während sie Ken den Ausweis zurückgab, „ein Herr Joseph Meyers ist vor kurzem verstorben. Vor seinem Tode hatte er noch ein Testament hinterlegt, welches auch beim Notar einzusehen ist. Darin wurden Sie als Alleinerbe benannt. Das Konto, welches Sie uns nun genannt haben, ist jetzt Ihres." Vorsichtig schob sie Ken einen Kontoauszug über den Tisch. Der glaubte zunächst, an einer Sehstörung zu leiden. Aber es gab keinen Zweifel, auf dem Auszug war ein Guthaben von 2,5 Millionen Dollar zu verbucht. Es stellte sich heraus, dass es sich bei diesem Joseph Meyers tatsächlich um Kens Großvater handelte. Ihm gehörten mehrere Firmen. Unter anderem auch die, in welcher Ken als Gelegenheitsarbeiter ab und zu gejobbt hatte. Die Unterlagen bewiesen, dass Ken alles erben sollte. Warum seine Eltern nie von ihm erzählt hatten, konnte er sich letztlich nur so erklären, dass der Großvater als Soldat im Krieg gekämpft hatte. Darauf waren Kens Eltern nicht sehr stolz. Ja, sie schämten sich sogar dafür. Sie vernichteten alles, was an ihn erinnerte und sagten sich von ihm los. Daraufhin wurden sie von ihm enterbt. Auch den alten Stahlhelm des Großvaters warfen sie nach seinem Tod, von dem Ken nichts wusste, auf den Müll. Ken hatte ihn schließlich kurz darauf zufällig dort gefunden.

DAS LOCH

Das nicht enden wollende Klingeln bedeutete nichts Gutes. Sabine ging zur Tür und öffnete. Draußen im Treppenhaus stand der Gerichtsvollzieher und zog ein ernstes Gesicht. Er fragte nach ihrem Namen und ob sie die fällige Summe nun endlich zahlen könnte. Sabine zuckte mit ihren Schultern, natürlich konnte sie es nicht. Gerade erst hatte sie ihren Job als Kellnerin verloren. Und der Kredit für den neuen Kinderwagen drückte bedenklich in der schmalen Haushaltskasse. So kam es wie es kommen musste. Der Gerichtsvollzieher klebte auf die wenigen Stücke, die noch pfändbar waren, seinen Kuckuck. Ach das alte klapprige Auto war dran. Nun besaß sie gar nichts mehr. Und aus der winzigen Altbauwohnung musste sie auch noch raus. Auf dem Tisch lag neben unzähligen Mahnschreiben auch die Räumungsklage. Denn die Miete war einfach nicht mehr drin. Ihr kleiner Sohn lag in seinem Bettchen und schrie. Da brach sie weinend zusammen. Wie sollte es nur weiter gehen? Was sollte aus dem Kleinen werden, wenn sie keine Chance mehr in ihrem Leben erhielt? Und warum nur kam das Glück nicht auch einmal zu ihr? Sie wusste es nicht, und trotzdem sie ihre Hände zum Gottesgruß faltete, kam doch keine Antwort zu ihr herab. Schlimme Gedanken flogen ihr durchs Hirn. Sie versuchte, all diese Dinge zu verdrängen. Doch es half nichts. Sie musste allein zusehen, wie sie da rauskam. Mit zittrigen Händen bereitete sie einen Obst-Brei für den Kleinen zu. Dann schaute sie hinüber zum Küchenfenster. Sie musste unbedingt anfangen zu packen. Und zwar noch bevor sie der Gerichtsvollzieher auf die Straße setzte. Doch wo sollten sie und der Kleine dann bleiben? Ihre Mutter war lange schon tot und der Vater lebte mit seiner Freundin irgendwo in der Stadt und hatte selbst nichts. Also blieb nur noch das Obdachlosenheim. Sie nahm den Teller mit dem Obst-Brei und ging ins Wohnzimmer zu ihrem Sohn. Der Kleine hatte sich wieder beruhigt, schlief tief und fest. Sollte sie ihn wecken? Nein, später vielleicht. Lange betrachtete sie ihn. Wie friedlich er da lag, mein kleiner Sohn. Ein Lächeln huschte über ihr Gesicht, erstarrte aber sofort wieder zu einer traurigen Mine. Gerade wollte sie den Löffel in den Teller zurücklegen, da entglitt er ihr und fiel auf den Fußboden. Der Brei verursachte einen hässlichen Fleck auf der Auslegeware. Sabine hob den Löffel auf und versuchte, den Fleck mit den Händen ein wenig weg zu wischen. Dabei tastete sie in eine kleine Vertiefung – ein Loch? Es musste unter der Auslegeware sein. Komisch, dass sie es nie bemerkt hatte. Mehrmals tastete sie über die Stelle, doch sie täuschte sich nicht. Mit den Fingern klopfte sie den Boden rund um das vermeintliche Loch ab. Es hörte sich irgendwie hohl an, beinahe so, als sei ein kleiner Hohlraum darunter versteckt. Ein Geheimfach vielleicht? Sabine setzte sich auf den Teppichboden und überlegte. Sollte sie den

Teppich aufschlitzen, um nachzusehen, was da war? Und was, wenn die Hausverwaltung den Schlitz bemerkte. Egal, wenn sie ohnehin bald raus musste, dann konnte sie auch keinen neuen Teppichboden kaufen. Sie stand auf, holte sich ein kleines Küchenmesser und begann, den Teppich so vorsichtig wie möglich aufzuritzen. Nur schwer ließ sich das Messer in der starren Auslegeware bewegen. Sabine brauchte ihre ganze Kraft, um den Schnitt halbwegs sauber zu ziehen. Als sie das Loch freigelegt hatte, schaute sie es sich genauer an. Es war nicht sehr groß, doch irgendjemand hatte es mit Zeitungspapier zugestopft. Nur schwer ließ sich das Papier aus dem Loch herausziehen. Über die Jahre war es fest mit dem Dielenfußboden zusammengebacken. Als sie es endlich geschafft hatte, bohrte sie mit den Fingern in der Öffnung herum. Dann zog sie einen zusammengefalteten schmutzigen Briefumschlag heraus. Er war schon arg in Mitleidenschaft gezogen und obendrein total zerknittert. Sabine strich ihn glatt und öffnete ihn. Im Inneren verbarg sich ein Schreiben. Sie zog es heraus und las: „Da ich keine Erben und auch keine Nachkommen mehr habe, vermache ich meine gesamten Ersparnisse demjenigen, der diesen Umschlag findet. Ich will unter keinen Umständen, dass es meiner gierigen Schwester Ina und ihrer nimmersatten Familie in die Hände fällt. Soll demjenigen, der den Brief findet, Glück beschieden sein. Meine Bankkarte liegt hier mit drin. Morgen muss ich ins Krankernhaus und werde wohl nie mehr hierher zurückkehren. Dem Finder aber wünsche ich alles erdenklich Gute, Kurt Schmidt." Sabine konnte es nicht glauben. Wieder und wieder las sie die Zeilen. Doch es war kein Irrtum. Völlig aufgelöst schaute sie noch einmal in den Briefumschlag und entdeckte die Bankkarte. Das konnte doch unmöglich sein. Sollte sie tatsächlich diejenige sein, welche das Ersparte von diesem Kurt Schmidt bekam? Und gab es überhaupt dieses Ersparte? War das alles vielleicht nur ein riesengroßer Bluff? Und wer war eigentlich dieser Kurt Schmidt? Irritiert nahm sie den Brief und die Bankkarte an sich. Am folgenden Tag ging sie schon sehr früh zur Bank. Dort erfuhr sie, dass es dieses Konto tatsächlich gab. Ein Duplikat des Schreibens, welches Sabine in ihren Händen hielt, hatte dieser Herr Schmidt auch bei der Bank hinterlegt. Doch Sabine erfuhr noch mehr: Kurt Schmidt lebte früher allein in der kleinen Wohnung von Sabine. Da er als arm galt, wollte seine Familie nichts von ihm wissen. Es gab ja auch nichts zu holen bei ihm. Doch was keiner wusste, er war ein sehr sparsamer Mann, der jeden Groschen aufs Sparbuch brachte. So kam über die vielen Jahre ein beträchtliches Vermögen zusammen. Genau 250.000 Euro. Leider erkrankte er sehr schwer an Krebs und starb schließlich daran. Zuvor aber hatte er dieses Loch in den Fußboden gesägt, den Brief hineingelegt und den Teppichboden darüber verklebt. So fand niemand seine Botschaft. Sabine jedoch entdeckte das Loch und ihr gehörte nun das gesamte Geld. Auf dem Friedhof ließ sie sich die Grabstelle von Kurt Schmidt zeigen. Es war ein anonymes Grab ohne Stein und ohne Blumen. Sie kaufte ihm eine neue Grabstelle und einen schlichten Stein. Jeden Sonntag kam sie mit ihrem kleinen Sohn und legte einen großen Strauß Blumen dort ab. Sie fühlte sich ihm gegenüber zu großem Dank verpflichtet. Später zog sie mit ihrem Sohn in eine größere Wohnung. Endlich hatten sie genügend Platz zum Leben und der Kleine bekam sein eigenes Zimmer. Denn er war für sie das Wichtigste auf der Welt. Für ihn lohnte es sich, zu leben. Und jeden Abend betete sie zu Gott und dankte ihm und Herrn Schmidt für diese wundervolle Schicksalsfügung. Auch an Herrn Schmidts Geburtstag kam sie wieder zum Friedhof und brachte Blumen. Lange sprach sie am Grabstein zu ihm. Und plötzlich schien es ihr, als sehe sie eine Gestalt durch die Nebel zwischen den Bäumen ziehen. Sie hatte große weiße Flügel und schien ihr zu zurufen: „Werdet glücklich ihr beiden."

JIM

Die Gerichtsverhandlung war zu Ende. Jim wurde schuldig gesprochen. Er musste nun lebenslang hinter Gitter. Aber es gab so viele Ungereimtheiten bei diesem Mordfall. Sollte er tatsächlich schuldig sein? Bis zum Schluss leugnete er alles. Doch niemanden interessierte das noch. Die Leute hatten ihren schwarzen Mann und die Presse ihr Bauernopfer, welches sie nun in tagelangen Tiraden gnadenlos ausschlachten konnte. Nur das zählte und mehr nicht! Jim wurde in Handschellen in seine Zelle zurückgeführt. Vorbei ging es an den Mördern und Kinderschändern, den Frauenvergewaltigern und den Millionendieben, er konnte es nicht fassen. Nun saß er selbst wegen Mordes hier. Er sollte einen alten Mann in einem Park mit einer Waffe bedroht und erschossen haben. Man warf ihm vor, er habe ihn aus Geldgier getötet. Dabei bekam der alte Mann nur eine kärgliche Unterstützung vom Staat. Und Jim hätte wahrlich nichts davon, wenn es so gewesen wäre. Nach der Tat habe er die Waffe angeblich verschwinden lassen, sie wurde bis heute nicht gefunden. Jetzt saß er in seiner Zelle im Hochsicherheitstrakt und fand das alles unendlich traurig und furchtbar. Nie würde er sich an einem wehrlosen alten Mann vergreifen, geschweige ihn umbringen. Nein, dazu war er doch überhaupt nicht in der Lage. Plötzlich hatte er so unendlich viel Zeit, darüber nachzudenken. Es war wohl alle

Zeit dieser Welt. Und der alte Mann konnte seine Unschuld nicht mehr bestätigen, er war ja tot. Von Zeit zu Zeit kam seine geliebte Mutter und brachte ihm seine Lieblingsbonbons vorbei. Die Besuchszeit war nur kurz und der Mutter blieb nicht verborgen, wie ihr Sohn langsam zerbrach. Die dicken kalten Gefängnismauern und die zähnefletschenden Mitgefangenen, die nur darauf aus waren, ihn zu erniedrigen, hielt er einfach nicht mehr aus. Und die Wärter? Auf die konnte er sich nicht verlassen. Die halfen nur demjenigen, der genügend Geld im Hintergrund hatte. Eines Nachts spürte Jim, wie ihm die Luft wegblieb. Er glaubte, zu ersticken. Seine Kräfte verließen ihn und er glaubte, nun sterben zu müssen. So schlecht ging es ihm noch niemals zuvor in seinem Leben. Die Dunkelheit um ihn herum und die muffige Luft taten ihr Übriges. Er hustete, spuckte Blut und röchelte schließlich nur noch in seinem Bett herum. Ein Wärter bemerkte das bei seinem Rundgang. Er rief einen Arzt und Jim wurde ins Gefängniskrankenhaus gebracht. Dort untersuchte man ihn stundenlang. Aber man fand die Ursache nicht. Schließlich fiel Jim ins Koma. Den Ärzten blieb nur noch, ihn an dutzende Geräte anzuschließen und abzuwarten, ob er irgendwann zu sich kommt. Hoffnung hatten sich keine mehr. Doch Jim war noch am Leben. Zwar fühlte er seinen Körper, doch sein Geist hielt sich anderswo auf. Stunden um Stunde hatte er den gleichen merkwürdigen Traum. Er sah den alten Mann im Park spazieren gehen.

Da, plötzlich näherte sich von hinten eine schwarz gekleidete Gestalt und schlug dem Alten mit einem Revolver auf den Kopf. Der alte Mann brach zusammen. Doch der Fremde hatte noch lange nicht genug. Er ohrfeigte den Alten bis der schließlich seine Geldbörse heraus gab. Der Fremde aber erhob sich, richtete den Revolver auf den wehrlosen alten Mann und drückte gnadenlos ab. Dann verschwand er in der Dunkelheit und ließ den Alten hilflos zurück. Jim träumte immer wieder den gleichen Traum. Er konnte sich nicht dagegen wehren. Dieses grausame Koma hielt ihn gefangen. Wieso? Jim konnte weder sprechen noch sich bewegen, wie tot lag er in seinem Bett. Die Ärzte glaubten bereits, es hätte keinen Sinn mehr. Und Jim träumte immer wieder seinen furchtbaren Traum. Und er wusste es genau, der Fremde, der den Alten erschoss, das war nicht er! Er war doch unschuldig und wollte es allen sagen. Nie hatte er jemandem auch nur ein einziges Haar gekrümmt. Eines Tages wussten sich die Ärzte keinen Rat mehr und bestellten einen Pfarrer. Sie glaubten, dass Jim wohl bald sterben würde. Er lag da und tat keinen Mucks mehr. Seine Kurven zeugten davon, dass es wohl bald mit ihm zu Ende ging. Nur die Geräte, die um ihn herum aufgebaut waren, hielten ihn noch am Leben. Der Pfarrer erschien und bat die Anwesenden, das Zimmer für einen kurzen Augenblick zu verlassen. Als er allein mit Jim im Zimmer war, geschah etwas Merkwürdiges. Jim begann, einzelne Worte zu sprechen, er bewegte sich sogar ein wenig. Die Schwester, die auf ihren Geräten außerhalb des Raumes diese Dinge registrieren konnte, stürmte ins Zimmer. Sie starrte auf die Geräte und tatsächlich, sie zeigten Aktivitäten an. Jim lebte und kam allem Anschein nach gerade wieder zu sich. Der Pfarrer war total irritiert. Und Jim stotterte erst einige Worte, dann ganze Sätze: „Er war es, der Pfarrer ist der Mörder! Er hat den Mann getötet!" Die herbeigerufenen Ärzte konnten nicht glauben, was sie da hörten. Sollte allen Ernstes dieser Pfarrer … das konnte doch nicht sein … unmöglich! Der Pfarrer wollte aufspringen und aus dem Zimmer laufen. Aber Jim packte ihn mit den Händen und ließ ihn nicht mehr los. Er krallte sich an seinem schwarzen Mantel fest und entriss ihm ein kleines eisernes Kreuz, welches er in seiner Hand hielt. Dem Pfarrer wurde es unheimlich zumute. Voller Angst brüllte er, dass man diesem Verrückten kein Wort glauben sollte. Es sei alles Lüge und Verleumdung. Doch Jim ließ ihn nicht mehr los und die Ärzte griffen nicht ein. Als endlich die Polizei eintraf, hatte sich Jim schon recht gut erholt. Die Beamten nahmen den Pfarrer fest. Und es war ganz seltsam, sie hatten große Mühe, den Pfarrer aus Jims Umklammerung zu befreien. Der völlig überrumpelte Pfarrer gab schließlich alles zu. Er war es, der dem alten Mann im Park auflauerte und ihm sein bisschen Geld stahl. Als man den Pfarrer abführte, bat er darum, dass man ihm das Kreuz lassen möge. Er wollte Abbitte leisten und vor Gott demütig seine Fehler bekennen. Die Polizeibeamten hatten nichts dagegen. Auf dem Polizeipräsidium schließlich gestand der vermeintliche Pfarrer, dass er auch kein Pfarrer sei. In Wahrheit handelte es sich um einen lang gesuchten, bereits vorbestraften Trickbetrüger, der sich mit Scheingeschäften das Geld älterer Leute erschlich. Sein Name war Rick Tucker. Der alte Mann musste wohl hinter Ricks schmutziges Geheimnis gekommen sein und wollte damit zur Polizei gehen, um ihn anzuzeigen. Das konnte der Betrüger natürlich nicht zulassen und er nahm sich vor, den Alten zu beseitigen. Von seinen vorherigen erfolglosen Besuchen bei dem alten Mann wusste er, dass dieser in der Nähe eines Parks lebte und abends oft dort spazieren ging. Eines Nachts verfolgte er den alten Mann im Park, nahm ihm die Geldbörse zum Schein ab und erschoss ihn dann kaltblütig. So war er ihn für immer los und keiner konnte ihn bei der Polizei anzeigen. Um nicht aufzufallen, schlüpfte er in die Rolle des Pfarrers. Die schwarze Kleidung war schnell besorgt und das Gesicht durch einen Vollbart stark verändert. Das kleine eiserne Kreuz stahl er aus einer Kirche. Jim erholte sich mehr und mehr und konnte bald aus dem Krankenhaus entlassen werden. Auch seine fürchterliche ungerechtfertigte Haft hatte endlich ein Ende. Freudestrahlend fiel er vor dem Gefängnistor seiner weinenden Mutter um den Hals. Er hatte es immer geschworen, dass er unschuldig war. Und seine Mutter spürte tief in ihrem Herzen, dass sie ihren Sohn niemals verlieren würde. Woher aber Jims merkwürdige Träume kamen, konnten sie sich nicht erklären. Am Tage der Verhandlung nun führte man Rick aus seiner Zelle in der Untersuchungshaft zum Gerichtsgebäude. Der Verhandlungssaal befand sich in der vierten Etage. Die Fahrstuhltür jedoch entwickelte ein merkwürdiges Eigenleben und schlug zu. Rick aber stand noch dazwischen. Als sich die Tür wieder öffnete, brach Rick leblos zusammen. War er ohnmächtig geworden oder hatte er einen Schwächeanfall angesichts der vor ihm stehenden Verhandlung erlitten? Nichts dergleichen war der Fall! Die zusammenschlagende Fahrstuhltür hatte das kleine eiserne Kreuz, welches er auch an diesem Tage in der Innentasche seiner Jacke mit sich trug, tief in sein Herz gebohrt.

DAS ZWEITE ICH

Der Urlaub stand vor der Tür. Und weil ich am nächsten Morgen schon recht früh zeitig losfahren musste, wollte ich noch einmal zur Bank, um mir Geld zu holen. In der Schalterhalle der Bank war wenig Betrieb und nachdem ich alles erledigt hatte, wollte ich schnellstens wieder heim, um zu packen. Ich schob meine Geldkarte in die Börse und strebte dem Ausgang zu. Plötzlich wurde die Tür der Schalterhalle aufgestoßen und zwei vermummte Gestalten stürmten herein. Erschrocken fuhr ich zurück und glaubte nicht, was ich da sah. Mit vorgehaltener Waffe zwangen uns die Gauner, uns sofort auf den Boden zu legen. Und keinerlei Widerstand zu leisten. Einer der Gangster kümmerte sich derweil um die beiden Schalterangestellten. Die beiden jungen Frauen waren vollkommen überfordert. Er zwang die Angestellten, mit erhobenen Händen in den hinteren Trakt des Raumes zu gehen. Dort mussten sie den Tresor öffnen, um die größeren Beträge heraus zu geben. Die beiden Angestellten taten alles so, wie die Diebe es von ihnen verlangten. Unterdessen nahm uns der andere Räuber die Wertsachen, die Uhren und das Bargeld ab. Plötzlich begann einer der auf dem Boden liegenden Kunden laut zu schimpfen. Als er panisch aufstand und wegrennen wollte, wurde er von einem der Gauner übel zusammengeschlagen. Der Mann fiel zu Boden und rührte sich nicht mehr. Ich konnte all das nicht mehr länger mit ansehen. Doch was sollte ich tun? Schweigend herumliegen, gar nichts tun? In mir regte sich eine unbändige Wut auf die Täter. Was fiel denen überhaupt ein, mir meinen Willen zu nehmen und mich wie ein Stück Dreck hier unten liegen zu lassen? Konnten sie nicht arbeiten gehen und sich auf eine anständige Art und Weise Geld beschaffen? Immerhin war ich auch nicht reich. Vorsichtig schob ich mich an einen neben mir liegenden alten Mann und flüsterte ihm zu, dass ich versuchen werde, die Täter abzulenken. Vielleicht gelang es mir ja, irgendwie die beiden unschädlich zu machen. Der alte Mann meinte nur, dass ich das lieber nicht tun sollte. Am Ende schießt noch einer der Täter. Doch ich musste es wagen. Langsam rutschte ich in Richtung eines Feuerlöschers. Ich hatte eine perfide Idee, wollte die Täter mit dem Löscher besprühen. Wie falsch diese Idee war, bekam ich Sekunden später zu spüren. Einer der Täter bemerkte mein Umherrutschen und hielt mir seine Waffe an den Kopf. Er brüllte, wenn ich nicht augenblicklich ruhig liegen bliebe, würde er mich erschießen. Jetzt reichte es mir. Ich hielt den Gauner am Bein fest, sodass er stolperte und dabei seine Waffe fallen ließ. Dann sprang ich auf und wollte losrennen. Noch immer wollte ich mein Vorhaben mit dem Feuerlöscher in die Tat umsetzen. Der Gauner aber hielt mich fest, drückte mich auf den Boden und legte seine Hände um meinen Hals. Er würgte mich derart, dass ich kurz vorm Ersticken war. Plötzlich sah ich, wie mein bisheriges Leben in unzähligen Bildern vor mir erschien. Den Würgegriff des Täters spürte ich nicht mehr. Ich sah mein Leben wie einen Film, der auf einer übergroßen Leinwand vorüber lief. Da erschienen die Zeiten als Kind, als Jugendlicher, ich sah meine Mutter. Es war ganz seltsam, aber in diesem Moment wurde alles leicht, so unglaublich leicht. Alles lief ab wie ein Traum, in dem ich ganz langsam versank. Und fern am Horizont erschien ein weißer Lichtpunkt, der mich magisch zu sich zog. Doch was war das? Aus der übergroßen Leinwand meines Traumes, meines Lebens, löste sich eine Gestalt. Sie flog geradewegs auf mich zu. Ich erschrak, die Gestalt, die mir entgegenflog, diese Gestalt war ich selbst! Es war mein zweites „Ich"! Dieses zweite „Ich" flog durch die Schalterhalle der Bank und verharrte einige Sekunden regungslos hinter dem Räuber, der mich noch immer fest in seinem Würgegriff hielt. Langsam und bedrohlich senkte sich die Erscheinung auf ihn herab. Der ließ urplötzlich mit lautem Geschrei von mir ab. Er rannte geradewegs auf den Ausgang zu, wo schon der andere Gauner auf ihn wartete. Unterdessen ergriff mein zweites „Ich" die Waffe, die auf dem Boden lag und hielt damit die beiden Gangster in Schach. Die blieben wie angewurzelt stehen. Schockiert starrten sie auf die unfassbare Erscheinung. Und mir ging es ebenso. Zwar lag ich auf dem Boden, doch gleichzeitig schwebte ich wie eine Lichtgestalt vor den Ganoven auf und nieder.

Plötzlich durchbrach ein heftiger Knall die Szenerie! Die Polizei stürmte in die Schalterhalle und überwältigte die vollkommen irritierten Gangster. Ich schaute abwechselnd zu den Räubern, dann zu meinem zweiten „Ich" und schließlich zu den Polizeibeamten, welche von der schwebenden Lichtgestalt keine Notiz nahmen. Wie war das nur möglich? Ich begriff es nicht, sah nur noch, wie mein eigenes Ebenbild in einer Nebelwolke verschwand. Allerdings war ich heilfroh, dass dieser fürchterliche Alptraum endlich ein Ende hatte. Noch am selben Tag wurde ich von der Polizei verhört. Auch die übrigen Kunden wurden angehört. Seltsamerweise konnte sich keiner erinnern, eine schwebende Gestalt gesehen zu haben. Und es war ganz seltsam, im Nachbarzimmer saß noch jemand, der verhört wurde. Dieser Jemand, der auch die Waffe brachte, welche er dem Räuber wegnehmen konnte, sah mir selbst zum Verwechseln ähnlich.

FLUG DES GRAUENS

Die Maschine des Fluges „6612" stand auf dem Rollfeld und wartete auf ihr Startsignal. Peter, der Pilot, hatte alle Instrumente im Überblick. Aber er verließ sich auch auf die Technik dieser neuen Maschine. Und er verließ sich auf seine gut ausgebildete Mannschaft. Eigentlich lief fast alles automatisch ab und Peter dachte in den wenigen Sekunden bis zum Start nur an seinen kleinen Sohn Tim. Er hatte solche Sehnsucht nach ihm. Kurz warf er einen Blick zu seinem Copiloten und zu seinem Funker. Die schauten schweigend auf das Rollfeld vor der Maschine. Vermutlich dachten auch sie gerade an ihre Familien. Hinter seinem Sitz lag ein Karton, in welchem sich ein großer Teddybär befand. Er sollte ein Geschenk für Tim sein. Der liebte Teddys über alles und hatte schon eine beträchtliche Sammlung. Peter konnte es nicht erwarten, das Geschenk zu überbringen. Seit dem Tod seiner Frau, die bei einem Flugzeugabsturz ums Leben kam, kümmerte sich liebevoll die Großmutter um den Jungen. Manchmal dachte er schon daran, die Fliegerei aufzugeben, um immer für Tim da sein zu können. Aber wer sollte dann das Geld verdienen? Er brauchte diesen Job und er liebte Tim zu sehr. Vor jedem Flug dachte Peter noch einmal an ihn. Auf der Instrumententafel klemmte ein kleines Foto von Tim. So flog er immer mit. Plötzlich erhielt die Maschine das Signal zum Start. Und sofort ergriff Routine die Crew. Jeder kannte seine Aufgaben und es war keine Zeit mehr zum Nachdenken! Hinter ihnen in der Kabine verließen sich zweihundert Menschen auf sie. Und jeder von ihnen hatte wohl jemanden, der ihn liebte. Die Maschine raste über die Startbahn und hob kraftvoll von der Piste ab. Wie ein riesiger Schwan erhob sie sich in den blauen makellosen Himmel. Ein Start wie aus dem Bilderbuch. Schnell hatte die Maschine ihre Flughöhe erreicht. Eine Flugbegleiterin brachte Kaffee. Und durch die geöffnete Kabinentür drangen die angeregten Unterhaltungen der Passagiere. Peter sprach mit seiner Crew und kontrollierte die Computeranzeigen. Solch ein Flugzeug hatte er wirklich noch nie geflogen. Sie war ein Meisterstück der modernen Technik. Was sollte hier noch schief gehen? Unmerklich schaltete sich der Autopilot ein und dirigierte die Maschine wie von einer unsichtbaren Hand gesteuert durch die Lüfte. Und es stimmte, was die Leute immer sagten. Von hier oben sahen die Sorgen und Nöte, die man unten so mit sich herumschleppte, wirklich klein und winzig aus. Keine Wolke verdeckte die Sicht und die Landschaft glich von hier oben einer Spielzeug-Märchenwelt. Peter schaute noch einmal zu seinem Geschenk für Tim. Der Karton mit dem großen Teddy darin hatte noch gar keine Aufschrift. Sollte er einen Gruß darauf schreiben? Er nahm den Karton und holte den Teddy heraus. Plötzlich gab es einen lauten Knall, die Scheiben barsten und zwei Mitglieder seiner Crew wurden aus dem Flugzeug geschleudert! Peter wurde ohnmächtig. Irgendetwas hatte die Maschine getroffen. Ein Kleinmeteorit vielleicht? Da die Tür zur Passagierkabine offen stand, fiel der Druck im gesamten Flugzeug sehr schnell stark ab. Und die Passiere wurden ebenfalls bewusstlos. Nur das Pfeifen des Flugwindes fuhr gespenstisch durch das führerlose Flugzeug. Gepäckstücke flogen durch die Gänge und blieben irgendwo zwischen den Sitzreihen liegen. Atemmasken hingen über den Sitzen der ohnmächtigen Fluggäste. Noch steuerte der Autopilot die Maschine, nur wie lange noch? Minuten vergingen. Plötzlich verlor die Maschine abrupt an Höhe. Sie sank immer tiefer und näherte sich bedrohlich dem Erdboden. Die Triebwerke heulten auf wie die Sirenen des Todes und es würde wohl nur noch Sekunden dauern, bis die Maschine aufprallte. Vermutlich war nun auch der Autopilot ausgefallen. Das entsetzliche Ende der Maschine, das furchtbare Schicksal der Passagiere, all das schien besiegelt. Und Peter, der Pilot war noch immer bewusstlos. Da geschah etwas sehr Merkwürdiges. Wieder heulten die Triebwerke auf und wie von Geisterhand erhob sich die Maschine in die Höhe. Beinahe so, als wollte sie mit aller Kraft nach oben springen. Sie stieg und stieg und flog sicher bis zum nächsten Großflughafen. Dort wunderte man sich, dass zwar keiner auf die Funkmeldungen antwortete, die Maschine aber dennoch gesteuert wurde. Wie war das möglich? Wusste vielleicht einer der Passagiere, wie man die Technik von Flugzeugen bediente? Hatte sich der Autopilot wieder eingeschaltet? Als die Maschine sicher gelandet war, wurden sofort Hilfsmannschaften losgeschickt. Alle Passagiere waren wohlauf und keiner hatte, bis auf einige wenige Kreislaufzusammenbrüche und leichtere Blessuren, größere Verletzungen davongetragen. Das Schlimmste jedoch war, dass zwei Besatzungsmitglieder bei der Katastrophe ums Leben kamen. Nur Peter nicht, den fand man bewusstlos und leicht am Kopf verletzt in seinem Sitz. Doch er überlebte und konnte schließlich überglücklich seinen geliebten Sohn Tim in seine Arme schließen. Man fand heraus, dass eine andere Maschine, die den Kurs von Flug „6612" kreuzte, ein Rad seines defekten, nicht eingefahrenen Fahrwerkes verloren hatte. Wie ein riesiges Geschoss flog es durch die Luft und traf die Unglücksmaschine wie eine Kanonenkugel. Das durch den heftigen Aufprall entstandene Loch im Cockpit bewirkte, dass zwei der Besatzungsmitglieder hinausgeschleudert wurden. Sämtliche Computertechnik fiel aus und hätte nur durch menschliches Eingreifen wieder in Gang gesetzt werden können. Aber die Passagiere in der Kabine waren durch den plötzlichen starken Druckabfall ebenfalls bewusstlos geworden. Wer also sollte dies tun? Als man Peter aus seinem Sitz barg, entdeckte man allerdings etwas sehr Seltsames. Im Sitz des Kopiloten saß der große Teddybär und hatte den Steuerknüppel in der Hand.

DER JUNGBRUNNEN

Immer haben sich Menschen danach gesehnt, die Zeit anzuhalten oder sogar zurück zu drehen. Und immer suchten die Menschen nach einem Jungbrunnen, den es irgendwo doch geben musste. Aber die Zeiten vergingen und niemandem war es je gelungen, diesen Jungbrunnen zu finden. Ronny Wilkins war ein junger Rechtsanwalt, der sehr auf sein Äußeres bedacht war. Er konnte sich einfach nicht vorstellen, älter zu werden. Allein der Gedanke, irgendwann einmal tiefe Falten im Gesicht zu haben, trieb ihm den Angstschweiß auf die Stirn. Er bildete sich ein, alle Welt starre nur auf ihn und würde ihn verurteilen, wenn er nicht mehr so jung und schön wäre. Und mit seinen gerade mal Dreißig Jahren fühlte er sich bereits schon zum alten Eisen gehörig. Dutzende Cremetöpfe und Anti-Age-Lotionen gehörten zu seinen wichtigsten Utensilien. Eines Tages fuhr er aufs Land und wollte ein erholsames Wochenende dort verbringen. Weit fuhr er hinaus, und fand auch eine kleine Pension, die sich malerisch an einen dichten Wald schmiegte. Nachdem er sich ein Zimmer genommen hatte, zog er sich um und ging ein wenig spazieren. Der dichte Wald und das Rauschen, welches von ihm ausging, zogen ihn magisch an. Immer tiefer gelang er in den Wald. Irgendwann wusste er den Weg zurück nicht mehr. Er hatte wohl bei seinen Überlegungen, wie er noch jugendlicher aussehen könnte, vergessen, woher er gekommen war. Zwischen zwei alten großen Eichen entdeckte er einen steinernen Brunnen. Zwar wunderte er sich, dass hier mitten im Wald ein Brunnen war. Doch das Wasser, das sich im Inneren des Brunnens befand und der Durst, der ihn quälte, ließ ihn erst einmal eine kleine Rast einlegen. Eigentlich sollte man aus einem Brunnen nichts trinken, das wusste er. Aber hier im Wald? Ronny schöpfte mit seinen Händen ein wenig Wasser und schlürfte es gierig herunter. Es schmeckte unglaublich frisch und rein. Und es stillte sofort seinen Durst. So nahm er noch einen Schluck für den Heimweg. Er lief los und irgendwann gelangte er wieder zurück auf den alten Weg. In der Pension aß er noch zu Abend und ging schließlich auf sein Zimmer. In dieser Nacht schlief er außergewöhnlich gut. So wie sonst selten. Als er am nächsten Morgen aufstand, führte ihn seit erster Weg direkt vor den kleinen Spiegel im Badezimmer. Wie jeden Tag wollte er seine geliebte Creme auftragen. Doch was war das? Hatte er nicht gestern schlechter ausgesehen? Die tiefe Falte am Kinn, die ihn schon seit Tagen nervte, war spurlos verschwunden. Wie konnte das sein? Er hatte sie doch gar nicht eingecremt. Fassungslos starrte er in den Spiegel und konnte es nicht fassen. Auch diverse Falten an Stirn und Hals schienen unauffindbar. Ronny war überglücklich. Lediglich seine Nase erschien ihm irgendwie noch schief, aber das zählte in diesem Moment nicht. Woher jedoch die anderen, recht seltsamen Veränderungen kamen, wusste er nicht. Gleich nach dem Frühstück zog er wieder los in den Wald. Er wollte zu der Stelle wandern, wo er den seltsamen Brunnen fand. Als er den Weg verlassen hatte, sah er bereits den Brunnen. Und wie am Vortage trank er auch diesmal wieder von diesem wunderbaren, köstlich frischen Wasser. Es reichte auch diesmal nur ein einziger Schluck, und er war seinen Durst los. Am nächsten Morgen stand er erneut vor dem Spiegel. Und es grenzte an ein Wunder, seine schief geglaubte Nase stand in voller Schönheit, gerade und wohlgeformt mitten in seinem jugendlichen strahlenden Gesicht. Ronny kam ein Verdacht, sollte etwa dieser merkwürdige Brunnen an seinem Aussehen beteiligt sein? Aber das wäre doch, nein, vollkommen unmöglich! Einen Jungbrunnen kannte er nur aus den Spukgeschichten seiner Großmutter. Trotzdem ließ ihn der Gedanke an diesen rätselhaften Brunnen nicht mehr los. So beschloss er, am nächsten Tag wieder dorthin zu gehen. Diesmal wollte er sich einige Flaschen mitnehmen, um diese mit dem kostbaren Nass zu füllen. Gedacht, getan! Am folgenden Tag lief er schon früh zeitig los. Auf ein Frühstück verzichtete er, die Aufregung hatte sich wohl zu sehr auf seinen Magen gelegt. Schnell fand er den Brunnen und füllte etliche Flaschen mit dem wunderbaren Wasser. Und alles geschah genau so, wie er vermutete. Als er das Wasser getrunken hatte, veränderte er sich und wurde immer jünger. Sämtliche, noch ir-

107

gendwo vorhandene Falten verschwanden. Noch einmal wollte er zum Brunnen, um Wasser zu holen. Doch als er am nächsten Tag wieder zu der Stelle kam, wo er den Brunnen zu finden glaubte, war der nicht mehr da. Zwar wunderte er sich darüber, schob das aber darauf, dass er sich wohl doch nicht mehr genau an die richtige Stelle erinnern konnte. Die Jahre vergingen und Ronny wurde einfach nicht älter. Offenbar hatte das Wasser ausgereicht, um ihn nicht weiter altern zu lassen. Zwanzig Jahre waren verstrichen und Ronny fühlte sich gar nicht mehr so gut wie damals, als er das Wunderwasser im Wald entdeckte. Seine Freunde hatten sich von ihm getrennt. Sie waren älter geworden und man sah es ihnen auch an. Und sie waren stolz darauf, stolz auf ihre Falten und ihre Lebenserfahrungen. Sie wollten nichts mehr mit ihm zu tun haben, weil sie ihn für unnormal und krank hielten. Auch seine Klienten verlor er, einen nach dem anderen. Keiner vertraute ihm und jeder dachte, er sei ein Trickser und ein übler Hochstapler. Er vereinsamte mehr und mehr. Schließlich griff er zur Flasche. Doch jeden Morgen und jeden Abend, wenn er an seinen Spiegel vorbeigehen musste, sah er den Grund für seinen Absturz, sein makelloses jugendliches Gesicht! Er begann, sein Gesicht, sein schönes Aussehen zu hassen! Er konnte es nicht mehr ertragen und hängte sämtliche Spiegel in seinem Hause ab. Nirgendwo wollte er einen Spiegel und damit sich selbst vor sich sehen. Zerbrochen und nervlich am Ende fuhr er eines Tages zurück zu dem Wald, wo er einst den Brunnen fand. Und diesmal stand der Brunnen tatsächlich wieder zwischen den beiden Eichen. Er hatte die verrückte Idee, wenn er genügend Wasser zu sich nähme, würde er sich vielleicht wieder in ein Kind verwandeln. Auf diese Weise könnte er sein Leben noch einmal ganz von vorn beginnen. In diesem Wahn trank er einen kräftigen Schluck. Dann fuhr er nach Hause und verdunkelte alle Zimmer seines Hauses. Als er am nächsten Morgen erwachte, war jedoch kein Kind aus ihm geworden. Mühsam und ächzend schlug er seine Bettdecke zurück und erschrak fürchterlich. Seine Beine waren nur noch von einer pergamentartigen, rissig-vernarbten Haut bedeckt. Zitternd und verängstigt stand er auf. Da er keinen Spiegel mehr besaß, ließ er Wasser ins Waschbecken und betrachtete sich im wabernden Spiegelbild. Doch was ihm dort entgegen schimmerte, verkraftete er nicht. Leblos und vom Schlag gerührt sank er zu Boden. Als man Tage später seine Leiche fand, fand man nur einen alten, todkranken Mann. Und irgendwo lagen alte Fotos herum, auf denen ein junger, gutaussehender Typ abgebildet war. Keiner kannte ihn mehr und Nachkommen gab es nicht. Es schien, als ob es ihn nie gegeben hätte. Sein Leben war verwirkt, denn er konnte es nicht leben. Seine eigene Jugend, seine eigene Schönheit verwandelten sich in einen unzerstörbaren Fluch. Und hinterm Haus fand man einen merkwürdigen Brunnen aus Stein, in dessen Inneren nicht etwa frisches kühles Wasser sprudelte. Nein, in seinem Inneren lag ein schwarzes verrostetes Kreuz mit den Initialen „R.W."

DIE HEXE

Man sagt, Hexen existieren nur im Märchen. Und anfangs dachte ich das auch. Doch was sich bei meiner letzten Studienreise ereignete, ließ mich daran zweifeln. Es war wirklich eine spannende Reise nach Sibirien. Ich war mit zwei Freunden in der Taiga unterwegs. Gemeinsam wollten wir das Verhalten von Taiga-Bären erforschen. Die Ergebnisse wollten wir dann in einem Institut in Moskau auswerten. Einheimische hatten uns davon in Kenntnis gesetzt, dass sie erst kürzlich zwei große Bären in der Region gesichtet hätten. Natürlich plagte uns die Neugier. Gleich am nächsten Morgen wollten wir aufbrechen, um die Bären zu suchen. Vielleicht ließen sich ja interessante Studien über diese wilden Tiere durchführen. Wir verließen schon sehr früh das Hotel und fuhren mit einem Rover hinaus. Es gab feste Wege, auf denen man aus Sicherheitsgründen bleiben sollte, weil man sich in den dichten, riesigen Wäldern der Taiga sehr schnell verirren konnte. Glücklicherweise hatten wir auch ein Navigationsgerät dabei. Damit fühlten wir uns sicher. Wir stellten das Fahrzeug an einer Lichtung ab, schulterten unsere Rucksäcke auf und zogen los. Stundenlang bahnten wir uns einen schmalen Pfad durch das undurchdringliche Gestrüpp. Doch irgendwann schien es einfach nicht mehr weiter zu gehen. Bärenspuren oder Hinweise, dass Bären dort entlanggelaufen seien, fanden wir nicht. Auf einer winzigen Waldwiese legten wir eine Rast ein. Unsere Armbanduhren zeigten bereits die Mittagszeit an und wir hatten noch nicht einen Bären zu Gesicht bekommen. Wir wussten nicht genau, ob wir wieder umkehren sollten, denn zu allem Pech begann es auch noch zu regnen. Zwar drang der Regen nicht völlig durch das dichte Geäst der hohen Bäume. Dennoch wurde es feucht und kühl. Glücklicherweise hatten wir wetterfeste Kleidung angezogen und so traf uns das Schicksal nicht ganz so hart. Als wir jedoch feststellen mussten, dass das Navigationsgerät den Standort nicht anzeigen konnte, weil es einfach keinen Satellitenempfang bekam, wurde uns doch recht mulmig zumute. Es half nichts, wir mussten umkehren! Nur in welche Richtung? Überall um uns herum sah es gleich aus – dicke hohe Bäume und Gestrüpp, wohin das Auge auch sah. Wir versuchten, eventuell Spuren von uns zu wiederfinden. Vielleicht bräuchten wir ja nur in entgegen gesetzter Richtung zu laufen? Doch wir fanden keine Spuren. Und wo war überhaupt die entgegen gesetzte Richtung? Nicht nur in mir kroch ein merkwürdiges, flaues Gefühl hoch. Plötzlich vernahmen wir ein lautes Brummen! Gleichzeitig knackte es überall um uns herum. Ein entsetzlicher Gedanke schoss uns in den Kopf: Bären! Und obwohl wir genau wegen dieser Tiere im Wald unterwegs waren, hatten wir nun panische Angst, ihnen zu begegnen. Das Knacken und Brummen kam immer näher und wir suchten bereits nach geeigneten Bäumen, auf die wir klettern könnten. Doch wir fanden keine! Die Stämme waren zu dick und das untere Baumgeäst zu schwach! Hastig packten wir unsere Sachen zusammen und liefen los. Doch das Knacken kam aus allen Richtungen. Wohin also sollten wir fliehen? Wir saßen in der Falle! Gleich würden uns die Bären überfallen und dann wäre es aus mit uns. Wir versteckten uns hinter einem der dicken Baumstämme. Er war von einem dichten Busch umgeben, wo uns die Bären nicht sofort entdeckten. Aus dem Wald traten zwei Bären auf die Lichtung. Dann drei, dann vier, es wurden immer mehr! Schließlich standen sage und schreie acht riesige Bären auf der kleinen Wiese. Sie schwenkten ihre dicken Köpfe hin und her und schienen uns bereits zu wittern. Sollten wir unser Versteck verlassen und losrennen? Aber die Bären kannten sich in ihrem Umfeld, dem Wald, einfach besser aus als wir. Sie hätten uns schnell eingeholt und dann? Keiner wagte, diesen furchtbaren Gedanken weiter zu denken. Ich zog mein Handy aus der Jackentasche, wusste, wie sinnlos das war und hatte natürlich kein Netz. Wir waren total von der Außenwelt abgeschnitten und fühlten uns wie auf einem Präsentierteller. Die Bären brummten laut und hatten vermutlich schon großen Appetit bekommen. Da erschien plötzlich eine alte Frau aus dem Gebüsch vor uns. Wir waren zu Tode erschrocken und glaubten, ein Bär hätte uns gefunden. Die Alte war in schwarze Lumpen gehüllt und hielt ihre strähnigen

Haare mit einem zerrissenen Kopftuch zusammen. Sie fuchtelte mit einem Gehstock in der Luft herum und sprach dann mit zittriger Stimme: „Keine Angst meine Söhnchen. Die Bären werden Euch nichts tun. Kommt nur immer dicht hinter mir her, dann zeige ich Euch den Weg nach Hause." Sie gab uns ein Handzeichen und rief laut: „Folgt mir!" Zunächst wollte ich sie fragen, woher sie käme. Doch sie hatte sich bereits umgedreht und verschwand im dichten Gebüsch. Die Bären, die wohl die Alte sprechen hörten, hoben ihre Köpfe und kamen blitzschnell auf unser Versteck zu gerannt. Jetzt hieß es nur noch: weg von hier, bevor wir auf dem Speisezettel dieser Tiere landeten! Die Alte hatte hinter dem Busch auf uns gewartet. Immer wieder lachte sie vor sich hin und schien sich an den Bären überhaupt nicht zu stören. Dabei sang sie mit ihrer furchtbar klingenden Stimme ständig ein und dasselbe Lied: „Manchmal ist der Tod ganz nah, dann bin ich stets für Euch da." Es hörte sich derart abschreckend an, dass wir schweigend und ängstlich hinter ihr her trotteten. In dichtem Abstand folgten uns die Bären. Zumindest glaubten wir das, denn das Brummen und Knacken konnten wir deutlich hören. Es verfolgte uns bis zu der Lichtung, auf welcher unser Geländewagen stand. Erleichtert wollten wir uns bei der Alten bedanken, doch die hatte es sehr eilig. Ohne uns auch nur eines Blickes zu würdigen verschwand sie auf der anderen Seite des dichten Waldes. Die Bären schienen es aufgegeben zu haben, uns noch weiter zu verfolgen. Als wir im Auto saßen, konnten wir sie nirgends mehr sehen. Wir hatten endgültig genug von unserer erfolglosen Bärenforschung! Noch am gleichen Abend buchten wir einen Flug nach Moskau, um möglichst weit weg von der Taiga und ihren gefährlichen Wäldern zu sein. In Moskau trennten sich zunächst unsere Wege. Meine beiden Freunde informierten sich im Institut, welches wir eigentlich erst später aufsuchen wollten, über das Verhalten der Taiga-Bären. Ich dagegen nahm mir vor, diese riesige, immer weiterwachsende Stadt kennen zu lernen. Und ich hatte viel zu entdecken. Allein der unfassbare, scheinbar unkontrolliert dahinrasende Autoverkehr war ein Erlebnis der ganz besonderen Güte für mich. Verkehrsregeln schien es hier wohl keine zu geben. Doch obwohl alle irgendwie wild durcheinander fuhren, hatte jeder ein ganz bestimmtes Ziel. Um über die breiten Straßen zu gelangen, konnte man sich nicht immer auf die Fußgängerampeln verlassen, die es zweifellos auch in Moskau gab. Und so betrat ich doch tatsächlich die Straße, als die Fußgängerampel auf Grün schaltete. Ein LKW donnerte auf mich zu – und hätte mich nicht jemand an meiner Jacke zurück auf den Bürgersteig gezogen, wäre ich wohl umgefahren worden! Laut hupend raste der LKW dicht an meiner Nase vorbei. Natürlich wollte ich mich bei meinem Lebensretter bedanken. Doch als ich mich umdrehte, standen da nur dutzende Menschen, die von mir keine Notiz zu nehmen schienen. Nur eine seltsame Stimme, die mir irgendwie bekannt vorkam, sang ein Lied: „Manchmal ist der Tod ganz nah, dann bin ich stets für Dich da."

FLASCHENPOST

Jenny liebte es, ihren Urlaub am Meer zu verbringen. Immer, wenn es ihr möglich war, fuhr sie dorthin. Und wenn die kühle Seeluft um ihre Ohren blies, fühlte sie sich so richtig wohl. Auch im Sommer des Jahres 2002 war das wieder so. Bereits drei Tage genoss sie schon ihren Urlaub und das Wetter war herrlich. Die Sonne schien und sie konnte jeden Tag am Strand liegen. An einem besonders heißen Tag musste sie sich oft im Wasser abkühlen, damit sie es in der Sonne aushalten konnte. Sie schwamm weit hinaus und tauchte ab und zu mit ihrem Kopf in das kühle Wasser. Plötzlich stieß sie an einen harten Gegenstand. Erschrocken schaute sie sich um und entdeckte vor sich eine kleine Flasche, die munter auf den Wogen tanzte. Natürlich wunderte sie sich über dieses seltsame Fundstück, doch sie ergriff es und schwamm zum Strand zurück. Sie hatte keine Zweifel, dass es sich um eine Flaschenpost handelte. In ihrer kleinen Strandburg betrachtete sie sich die Flasche etwas genauer. In ihrem Inneren entdeckte sie einen eingerollten Zettel, war das ein Brief? Mit einem Stein zerschlug sie die Flasche und nahm den Zettel an sich. Bisher hielt sie das Ganze für einen großen Spaß, doch als sie den Zettel las, verging ihr das Lachen. Der Zettel war in englischer Sprache verfasst. Darauf stand: „Ich bin Toni Miller. Ein Schiff ist in Seenot, die „Corona-Star"! An Bord sind etwa 150 Passagiere. Sie wurden im dichten Nebel von irgendetwas gerammt. Wenn Sie diese Nachricht lesen, kommen sie und rettet Sie die Leute. Vielleicht haben sie noch eine Chance. Danke, T.M.!" Nervös faltete Jenny den Zettel zusammen und sammelte die Scherben der Flasche auf, um sie in eine alte Einkauftüte zu werfen. Sollte sie diese Flaschenpost ernst nehmen? Doch an wen sollte sie sich wenden? Vielleicht wusste die örtliche Polizei Rat. Sie packte ihre Sachen zusammen und lief los. Bei der Polizei legte sie den Zettel vor und die begannen nach anfänglichen Bedenken mit den Ermittlungen. Jenny war nicht sehr wohl bei dem Gedanken, dass vielleicht zur gleichen Zeit so viele Menschen in Not sein könnten. Das Schiff, die „Corona-Star" gab es tatsächlich und sie war bereits auf dem Weg. Doch es gab weder eine Katastrophe, noch waren Menschen in Not. Es konnte nichts unternommen werden. Dennoch ließ Jenny diese Nachricht keine Ruhe. Sie hatte das untrügliche Gefühl, dass dem Schiff nichts Gutes bevorstand. Von ihrer Mutter hatte sie diese Gabe für Vorahnungen geerbt. Und schon oft wurden sie dadurch vor Schlimmerem bewahrt. Sie musste unbedingt Kontakt zum Kapitän des Schiffes aufnehmen. Von der Polizei erfuhr sie, wie sie mit dem Schiff in Kontakt treten konnte. Sie rief beim Kapitän an und der zeigte sich sehr verständig. Jenny meinte, dass sein Schiff möglicherweise mit etwas Unbekanntem kollidieren könnte. Und da sich die „Corona-Star" bereits vor einer dichten Nebelwand befand, ließ er das Schiff vorsichtshalber evakuieren. Kaum hatte er die Passagiere zu drei in der Nähe befindlichen Fischkuttern bringen lassen, geschah das Unglück. Aus der Luft ertönte ein ohrenbetäubendes Pfeifen, dann schlug mit lautem Knall etwas Großes auf das Schiff. Es stellte sich heraus, dass ein Meteorit aus dem All auf das Schiff gestürzt war. Er zerstörte einige Kabinen und riss außerdem ein riesiges Loch in den Rumpf. Im dichten Nebel sank das Schiff innerhalb weniger Stunden. Hätte der Kapitän nicht rechtzeitig die Menschen auf dem Schiff evakuieren lassen, wären viele ums Leben gekommen. Jenny konnte es einfach nicht fassen. Die Katastrophe fand tatsächlich statt! Doch das aller seltsamste war, dass die Flaschenpost von keinem der Geretteten abgeschickt wurde. Weder unter den Passagieren noch in der Mannschaft des Schiffes gab es einen Toni Miller. Vielleicht hatte jemand unter einem falschen Namen die Flaschenpost verfasst? Als sie den Zettel noch einmal genauer betrachtete, bemerkte sie, dass es sich um ein abgerissenes Stück eines Kalenders handelte. Darauf stand ein Name, vielleicht der des Schiffes, Jenny las: „Andrea Doria". Auch das Datum konnte man noch erkennen. Es war der 25. Juli, der Tag, an welchem die Andrea Doria damals mit einem anderen Schiff kollidierte. Bei Jennys weiteren Recherchen kam außerdem ans Licht, dass sich an Bord der „Andrea Doria" auch ein Passagier namens Toni Miller befand.

IRRLICHTER

Mein Job als Kundenberater in einer großen Bank stresste mich schon sehr. Von Tag zu Tag verlangte mein Chef mehr Abschlüsse von mir. Und obwohl ich schon sehr gut war, wollte er immer noch mehr. Ich überlegte schon, wie ich die Kunden am besten über den Tisch ziehen könnte, dachte tatsächlich bereits an krumme Geschäfte. Dennoch plagten mich endlose Skrupel und ein schlechtes Gewissen. Irgendwann würden all diese üblen Dinge ans Tageslicht kommen und dann? Ich wagte nicht, weiter darüber nachzudenken, lenkte mich mit körperlicher Ertüchtigung ab. Wenn es die Zeit erlaubte, fuhr ich aufs Land hinaus. Ich hatte ein ganz bestimmtes Ziel, ein großes Waldgebiet, welches sich an einen merkwürdig geformten Hügel schmiegte. Dort fühlte ich mich wohl und sicher. Stundenlang ging ich dort spazieren und dachte über mich und meinen Job nach. So manche Idee kam mir in dieser verlassenen Gegend. Auch an einem Sonntag, an welchem das Wetter Purzelbäume zu schlagen schien. Mal war es sonnig und warm, dann wieder regnete es und es war kalt und stürmisch. Dennoch zog es mich magisch dorthin. Es war so gegen Drei, als ich auf die kleine Wiese einbog, die als Parkplatz diente. Außer mir schien sich an diesem Tag keiner dorthin verirrt zu haben. Ich schnappte mir meinen Schirm und lief los. Einige Wege kannte ich bereits und so gelangte ich immer tiefer in den Wald. Und es dauerte gar nicht lange, da schlug das Wetter um. Dicke Wolken zogen auf und ein heftiger Regenschauer fiel durch die hohen Bäume am Weg. Das dichte Blattwerk konnte nur wenige Tropfen aufhalten. Der Rest verwandelte den Weg in einen regelrechten Sumpf. Dunkel war es geworden und kalt. Irgendwann war es so stockdunkel, dass ich die Hand nicht mehr vor den Augen sah. Und plötzlich hatte ich mich verlaufen. Der Sturm hatte längst tonnenweise Blätter auf die Wege geweht, sodass ich nicht mehr erkennen konnte, wohin ich trat. Bei jedem Schritt sank ich zentimetertief in den Morast. Sollte ich einfach umkehren? Doch wohin? Unterwegs war ich an so vielen Gabelungen vorbeigekommen, da würde ich den richtigen Weg ganz sicher nicht mehr finden. Ich lief einfach weiter geradeaus, in der Hoffnung, das Waldstück bald durchquert zu haben. Doch das stellte sich als Irrglaube heraus. In der Zwischenzeit war es so dunkel geworden, dass ich mich überhaupt nicht mehr zurechtfand. An einem dicken Baum blieb ich stehen. Ich holte mein Handy aus der Jackentasche, doch es hatte natürlich keinen Empfang. Das hätte mir eigentlich klar sein müssen, denn so tief im Wald, na ja. Längst lief ich nur noch auf einer Art Trampelpfad. Den richtigen Weg hatte ich unmerklich verlassen. Plötzlich raschelte es hinter mir. Sofort blieb ich stehen und spitzte meine Ohren! Gleichzeitig duckte ich mich hinter einen dichten Busch. Außerdem war es zu dunkel, genaueres zu erkennen.

Dennoch hörte ich deutlich, wie jemand tief ein- und ausatmete. Dieses Geräusch kam immer näher und wurde immer lauter. Mir blieb fast das Herze stehen. Ich rührte mich nicht, hockte wie erstarrt hinter meinem Busch. Als das Atmen genau vor mir zu sein schien, hielt ich meinen Atem an. Ich blinzelte durchs Geäst und sah mit Schaudern eine Gestalt in einem langen schwarzen Umhang. Sie hatte die Kapuze über den Kopf gezogen und atmete laut und schwer. Sollte ich mich zu erkennen geben? Aber was, wenn diese Gestalt nichts Gutes im Schilde führte? Eisern hielt ich die Luft an und musste wohl schon eine bläuliche Gesichtsfärbung angenommen haben. Da bewegte sich die Person weiter voran und verschwand alsbald im Dunkel des Waldes. Unterdessen war der Sturm derart heftig geworden, dass die Bäume knarrend hin und her schwankten. Außerdem rauschte es so laut, dass man glaubte, am Ufer des tobenden Meeres zu stehen. Doch das war nicht das Schlimmste. Viel größer war meine Angst vor dieser rätselhaften furchteinflößenden Gestalt. Wer war das nur? Und warum atmete dieser Jemand so schwer? Ich hielt es hinter meinem Busch einfach nicht mehr aus. Ich musste unbedingt wissen, wohin die Gestalt gegangen war. Vorsichtig und in geduckter Haltung schlich ich mich auf den schmalen Pfad zurück. Sollte ich vielleicht doch besser wieder umkehren? Ich wusste es einfach nicht und entschloss mich, doch weiter zu gehen. Der Regen hatte etwas nachgelassen und so brauchte ich wenigstens den Schirm nicht mehr. Langsam, Schritt für Schritt pirschte ich mich voran. Glücklicherweise war wenigstens der Sturm nicht mehr ganz so heftig. Irgendwann endete der Pfad. Ich musste mich entscheiden, entweder weiter durch das unwegsame Gelände zu stolpern oder doch wieder zum Pfad zurück zu kehren. Meine Neugierde siegte schließlich über die Angst und die Vernunft. Mit einem großen Schritt begann ich meine Pirsch durchs Unterholz. Zunächst sah ich nichts weiter als die dunklen Bäume und das dichte Buschwerk um mich herum. Doch plötzlich leuchteten zwei rote Lichter vor mir auf. Ich erschrak derart, dass ich mich regelrecht fallen ließ. Ich fiel ins weiche feuchte Laub und wusste im ersten Moment gar nicht, wovor ich überhaupt Angst haben sollte. Denn die beiden roten Lichter leuchteten lediglich durch das Buschwerk hindurch, kamen von einem einsam im Wald stehenden, bizarr anmutenden Gebäude. Es hatte keinen Zugang oder einen Pfad, der zu einer Tür führen könnte. Die beiden roten Lichter waren zwei hell erleuchtete Fenster. Aber wieso war es ausgerechnet rotes Licht? Langsam ging ich näher heran. Vermutlich gehörte die seltsame Gestalt von vorhin in dieses Haus? Als ich vor einem der Fenster stand, hörte ich erneut dieses seltsame Atmen. Es war derart nahe, dass ich mich hinter einer Hausecke versteckte. Und da kam sie wieder, die schwarzgekleidete Gestalt. Doch plötzlich fiel mir noch etwas anderes auf. Diese rätselhafte Gestalt lief nicht durch die Wiese, nein, sie schwebte! Vor Angst wäre ich beinahe ohnmächtig geworden. Doch ich durfte unter keinen Umständen einen Laut von mir geben. Die seltsame Erscheinung schwebte ums Haus herum. Ich rannte, so schnell mich meine Füße trugen zum nächstbesten Busch. Dort duckte ich mich wieder und wartete ab. Die Gestalt schwebte auf den Busch zu und ich befürchtete schon das Schlimmste. Doch plötzlich zuckte ein heftiger Blitz vom Himmel auf die Gestalt herab. Im selben Augenblick war sie verschwunden. Hatte sie der Blitz getroffen? Oder lag sie vielleicht irgendwo hinter einem Busch und hatte sich verletzt? Doch ich konnte sie nirgends mehr entdecken. Was ging hier nur vor? Mittlerweile traute ich mich überhaupt nicht mehr aus meinem Versteck. Doch mir blieb mal wieder keine Wahl. Wenn ich wissen wollte, was das alles zu bedeuten hatte, musste ich mich hervorwagen. Wieder schlich ich mich so leise wie ich konnte hinter meinem Busch hervor und näherte mich dem Gebäude. Die roten Lichter waren erloschen und ich nahm an, dass die Gestalt verschwunden sei. Doch ich irrte mich gewaltig. Als ich vor der hölzernen Tür des Hauses stand, hörte ich wieder dieses entsetzliche Atmen. Mir gefror regelrecht das Blut in den Adern. Und ich wusste auch nicht mehr, wohin ich mich retten sollte. Schon erkannte ich die schwarze Gestalt an der Hausecke. Langsam kam sie näher und blieb plötzlich stehen. Unter der Kapuze blitzten zwei rote Lichter hervor und gaben für einen

kurzen Moment den Blick auf einen Totenschädel frei. Gleichzeitig zuckten Blitze am Himmel
und tauchten die Gestalt und das Haus in ein
gespenstisches furchterregendes Licht. Ich weiß
nicht mehr, was es war, aber mir schien in diesem Augenblick alles egal zu sein. Ich brüllte los:
„Wer bist Du eigentlich? Der Teufel persönlich?
Dann scher Dich weg! Du kriegst mich nicht!
Oder willst Du nur die Leute erschrecken!" Die
Gestalt, die vermutlich mit einem solchen Aus-
bruch meiner Gefühle nicht gerechnet hatte,
schwebte zurück zur Hausecke, hinter der sie
schnell verschwand. Beim nervösen Kramen in
der Jackentasche hielt ich plötzlich eine kleine
Taschenlampe in der Hand. Erleichtert stellte ich
fest, dass sie funktionierte und hell erstrahlte.
Mutig schritt ich zur Hausecke und leuchtete
dahinter. Doch die Gestalt war verschwunden.
Wieder rief ich laut: „Jetzt hast Du wohl Angst
bekommen." Doch da war es wieder, das laute
Atmen, genau hinter mir. Blitzartig drehte ich
mich um und leuchtete mit der Lampe mitten ins
Gesicht dieser entsetzlichen Gestalt. Die roten
Augen starrten mich an! Der Totenschädel bewegte den Mund und ich spürte den eiskalten
Hauch, welcher aus der Gestalt wie ein eisiger
Wind trat! Panisch schloss ich meine Augen,
wollte wegrennen, doch ich konnte es nicht! Als
ich die Augen öffnete, lag ich vor meinem Bett!
Erschrocken stellte ich fest, der laute Atem war
mein eigener gewesen. Ich hatte einen grässli-
chen Alptraum, schwitzte und zitterte am gan-

zen Leibe! Was für ein furchtbarer Traum! Wie kam ich nur auf solch absurde Gedanken? Was hatte sich mein Hirn da Verrücktes ausgedacht? Ich schaute zur Uhr, sie zeigte Viertel nach 1, Mitternacht war also vorbei. Stöhnend erhob ich mich vom Boden und stieg ins Bett zurück. Ich dachte an die schwierigen Termine am nächsten Morgen. Gleich drei Kundengespräche musste ich führen. Und mein Chef verlangte Abschlüsse, viele Abschlüsse. Deswegen musste ich schlafen. Ich schaute zum Fenster, wollte sehen, ob es noch offenstand. Ich erschrak, hinter der vom Wind hin und her bewegten Gardine leuchteten zwei rote Lichter!

BLUTIGER GRUSEL

Ein alter Pfarrer wollte aus Altersgründen seine vertraute Kirche verlassen, um einem anderen, einem Jüngeren Platz zu machen. Die kleine Kirche in dem noch viel kleineren Ort sollte jedoch schnell wieder einen Pfarrer bekommen und so musste die Suche stark beschleunigt werden. Es meldeten sich nicht sehr viele, die hinaus aufs Land wollten, aber einer schien sich wirklich sehr zu interessieren. Lukas, ein sympathischer Mittvierziger, der anscheinend bestens mit allen Menschen auskam, fühlte sich so richtig wohl in dem kleinen Ort, und er wurde letztendlich vom Kardinal des Ordinariats dort eingesetzt.

Der erste Gottesdienst des neuen Pfarrers gestaltete sich wirklich sehr optimistisch und die Leute fanden Lukas auf Anhieb nett und zuvorkommend. Das wiederum spornte auch Lukas an und die Wochenenden, an denen die Messen sattfanden, liefen in bester Eintracht unter der Bevölkerung ab. Lukas verstand es sogar wunderbar, ewig verstrittene Bewohner des Ortes zu besänftigen, sodass sie sich schließlich freundschaftlich und weinend in den Armen lagen. Ja, so hätte es wirklich weitergehen können, wenn Lukas nicht große Geldsorgen geplagt hätten. Da er sehr lange ohne Anstellung war, musste er sich in der Vergangenheit mit Gelegenheitsjobs und alten Krediten, die er längst nicht mehr bedienen konnte, über Wasser halten. Doch das verrostete

Auto tat seinen Dienst nicht mehr und das Ersparte war schon seit Wochen aufgebraucht. So dachte Lukas Tag und Nacht darüber nach, wie er seine Existenz am besten absichern konnte, denn so riesige Gelder nahm er in dem kleinen Ort als Pfarrer auch nicht ein. Es deckte nicht einmal ansatzweise seine Schulden und er wurde trauriger und trauriger. Oft konnte er seine Tränen kaum verbergen, wenn er seine Predigten hielt, was natürlich auch den Leuten des Ortes nicht verborgen blieb. Eines Abends, Lukas wollte gerade in seine Unterkunft, eine kleine Pension, aufbrechen, erschien ein junger Mann. Er nannte sich Sergej und gab vor, ein fliegender Händler zu sein. Lukas freute sich über den neuen Kirchenbesucher und segnete ihn sofort, doch Sergej schien das zu missfallen. Er verzog sein Gesicht und seine spitzen Ohren wackelten ein ganz klein wenig hin und her. Er schien zu spüren, dass es dem Pfarrer nicht sehr gut ging und so lud er ihn einfach in die kleine Klause im Ort ein. Zunächst wollte Lukas nicht, aber dann war er doch einverstanden. Immerhin war er schon lange nicht mehr ausgegangen und es tat sicherlich gut, wenn er sich einfach mal unter die Leute des Ortes mischte. Die beiden brachen auf und fühlten sich wenig später in der kleinen Klause ziemlich wohl. Es gab reichlich Bier und selbst die Leute, die den Pfarrer bislang nur aus der Kirche kannten, fanden es sehr gut, dass er sich endlich auch mal an einer solchen Stelle blicken ließ. Sergej jedoch schienen sie nicht zu mögen,

jedenfalls ließen sie ihn einfach sitzen und igno-
rierten ihn geflissentlich. Den gerissen wirken-
den Sergej aber schien das absolut nicht zu stören, er bestellte für sich und für Lukas einen
Schnaps nach dem anderen und hörte sich
schließlich die Sorgen des neuen Pfarrers geduldig an. Irgendwie schien es so, als ob Sergej
schon mit einer solchen Geschichte gerechnet
hatte, jedenfalls wunderte er sich nicht und wurde selbst immer aufgeschlossener. Als Lukas von
seinen riesigen Geldsorgen berichtete, wurde
Sergej recht ruhig. Offenbar interessierte ihn das
sehr und dann tuschelte er so leise, dass es niemand anderes hören konnte außer nur Lukas,
dass er helfen könnte. Er wollte Lukas die Summe leihen, wenn der für ihn bei jeder Messe jene
Oblaten verteilte, welche Sergej angeblich selbst
gebacken hatte. Lukas fand das alles sehr wun-
derlich, hatte er doch nie gehört, dass jemand
seine selbst gebackenen Oblaten in der Kirche
verteilte. Doch warum sollte es so etwas nicht
geben, immerhin war es ja für die Menschen,
und was für die Menschen sein dufte, konnte
nicht schlecht sein. Und so willigte er ein. Sergej
aber bestand auf einem Handschlag, und Lukas
riss seine Hand hastig nach oben, wobei er das
vor ihm stehende Bierglas umstieß. Es fiel zu
Boden und zersprang. Schnell bückte sich Lukas
und klaubte die spitzen scharfen Scherben auf.
Dabei jedoch schnitt er sich und das Blut tropfte
ihm auf die Hose, auf den Tisch und auf die
Tischdecke. Sergej allerdings reagierte erneut

sehr sonderbar. Er hielt Lukas seine eigene Hand unter die Nase, meinte, er sollte doch sofort einschlagen, egal, ob die Hand blutig war oder nicht. Und Lukas reichte Sergej die blutige Hand. Die beiden besiegelten ihren Handel mit diesem Handschlag, und das Blut benetzte dabei auch Sergejs Hand. Der grinste und atmete tief ein. Dann sagte er ziemlich erleichtert „Das ist gut, dass du genauso reagiert hast. Schon morgen kann ich dir die erste Lieferung edelster Oblaten vorbeibringen. Dann kannst du sofort anfangen, die Dinger zu verteilen!" Lukas, der nicht mehr so ganz nüchtern war, willigte ein und die beiden verabschiedeten sich, wobei Sergej die gesamte Rechnung zahlte.

Am nächsten Tag kam Sergej wie versprochen zur Kirche und brachte eine umfangreiche Lieferung von den bestens gebackenen Oblaten zu Lukas. Dabei musste er an einem großen, an einer steinernen Mauer angebrachten Holzkreuz vorüber. Kaum hatte er das Kreuz erreicht, wurde er ganz fahl und weiß im Gesicht und schien sich überhaupt nicht mehr wohl zu fühlen. Hastig erkundigte er sich nach einem anderen Eingang, gab vor, dass ihm dieser Weg zu weit sei, weil er Rückenschmerzen hätte. Doch Lukas musste ihn enttäuschen, es gab keinen anderen Weg, was Sergej die Zornesröte ins Gesicht trieb. In Windeseile hatte er seinen Pickup entladen und zog sich so schnell zurück wie er gekommen war. Bevor er verschwand erhielt Lukas die erste Rate des versprochenen Geldes und konnte damit einen großen Teil seiner Schulden begleichen. Die Bank zeigte sich sehr edelmütig und würde, wenn er die zweite Rate vorbeibrächte, den Rest des geforderten Geldes ganz erlassen. Natürlich spornte das Lukas so richtig an und er drängte Sergej, schon bald mit der nächsten Lieferung zu ihm zu kommen. Er verbrauchte wirklich alle Oblaten und war zufrieden und glücklich. Doch schon nach der dritten Messe fühlten sich die Leute nicht mehr wohl. Aus unerfindlichen Gründen erkrankten sie an Ausschlag, Übelkeit und Kopfschmerzen. Die zusätzlich auftretenden grippeähnlichen Symptome wurden stärker und stärker und keiner kam darauf, dass all das möglicherweise von den Oblaten herrühren könnte. Und so kam Sergej mit der nächsten großen Oblaten-Lieferung. Diesmal rannte er derart panisch an dem Holzkreuz vorüber, dass man denken mochte, der Leibhaftige sei hinter ihm her. In Windeseile hatte er die Behälter mit den Oblaten in den kleinen Nebenraum des Altars verfrachtet und übergab dem glückseligen Lukas die nächste Rate des versprochenen Geldes. Lukas konnte sein Glück nicht fassen. Für die beinahe spielerische Leistung, die Oblaten zu verteilen, hatte er so viel Geld einfach so von einem Wildfremden erhalten. Das konnte wirklich nur noch gut werden. Dankbar und ehrerbietig verabschiedete er sich von Sergej und zahlte auch diese Summe auf seiner Bank ein. Die tat das, was sie versprochen hatte, sie erließ Lukas den Rest seiner Schulden!

Der Pfarrer war überglücklich und erleichtert zugleich. Dass sich sein Leben derart schnell zum Positiven wenden würde, hätte er niemals gedacht. Und weil er den Duft des Geldes tief in sich eingesogen hatte, gespürt hatte, wie einfach plötzlich alles war, wollte er mehr von alledem. Er bat Sergej, noch mehr Oblaten zu bringen und Sergej tat ihm diesen Gefallen. Grinsend und mit sonderbar zynischen Bemerkungen lieferte er Oblaten ohne Zahl an den mittlerweile ziemlich reich gewordenen Pfarrer. Was der aber nicht bemerkte, es wurden immer weniger Leute, die noch an den Gottesdiensten und an den Messen teilnahmen. Einige waren gestorben, weil sie plötzlich an schweren Krankheiten darnieder lagen und andere wollten bemerkt haben, dass aus den Oblaten, die Lukas verteilte, Blutstropfen rannen. Natürlich musste Lukas diesen Dingen nachgehen. Aber so sehr er die Oblaten auch begutachtete, auseinanderbrach und selbst verkostete, er konnte nichts Außergewöhnliches an ihnen finden und so erhielt er immer mehr Oblaten von seinem vermeintlich gutherzigen Lieferanten.

Eines Tages aber kam Sergej nicht mehr. Lukas war längst mehrfacher Millionär und die einzelnen Schicksale der Menschen, die kaum oder gar nicht mehr in seine Kirche kamen, interessierten ihn absolut nicht. Er dachte nur noch an sein vieles Geld und daran, was er sich damit alles leisten konnte. Er legte sich ein richtig teures Auto mit dem dazugehörigen Chauffeur zu und ließ sich fortan in die teuersten Lokale in den großen Metropolen kutschieren. Dabei beließ er es jedoch nicht – er fand, dass er noch mehr Geld haben musste. Und weil Sergej nicht mehr kam und keine Oblaten mehr brachte, begann er zu spielen. In den teuersten Kasinos ließ er sich einschreiben und gab Millionen für sein Spiel dort aus. Er war ein gern gesehener Gast und alle sahen es wohlwollend, wenn er sich vorfahren ließ. Dass er ein Pfarrer war, verschwieg er wohlweißlich, hatte die Menschen in seiner Pfarrei ohnehin längst vergessen. Aber dann wendete sich das Blatt. Denn er verlor, und er verlor wirklich alles, was er einst gewonnen hatte. Eine Million nach der anderen rann ihm durch die Finger und schon bald musste er seinen Chauffeur wieder entlassen. Das edle Auto wurde verkauft und seine Millionenvilla von der Bank versteigert. Er wurde arm und ärmer und hatte schon bald höhere Schulden als vor seinem vermeintlichen Aufschwung. Weil es ihm immer schlechter ging, erinnerte er sich an all die Leute in seinem kleinen Ort. Ob die sich wohl auch noch an ihn erinnerten und ihm helfen würden, aus diesem Schlamassel heraus zu kommen? Doch die Menschen in seiner ehemaligen Pfarrei wollten nichts mehr von ihm wissen. Schließlich hatte er sich damals, als es ihnen so dreckig ging, auch nicht um sie gekümmert. Viele waren gestorben, weil sie die schlechten Oblaten nicht vertragen hatten und Trauer und Unheil war in den kleinen Ort gekommen, der einstmals voller Frohsinn und Zufriedenheit lebte.

Lukas war am Boden, er war am Ende und schien es wohl nicht mehr lange zu machen, da fiel ihm Sergej ein. Er rief die Telefonnummer an, welche er von Sergej einst erhalten hatte. Und Sergej meldete sich auch. Doch er hörte sich anders an als damals. Seine Stimme war böse, kratzte und raspelte wie ein Reibeisen. Was war nur geschehen? Sergej kündigte seinen baldigen Besuch bei Lukas an, aber nicht, um ihm neue Oblaten zu bringen. Er wollte sein Geld zurück, welches er Lukas einst gegeben hatte. Lukas verstand die Welt nicht mehr und als Sergej bei ihm in dessen armseliger Unterkunft eintraf, flehte Lukas ihn an, ihm doch noch ein allerletztes Mal zu helfen. Sergej aber hatte sich nicht nur innerlich verändert. Auch äußerlich schien er anders geworden zu sein. Sein Gesicht war fahl und hohlwangig und seine starren roten Augen blitzten gefährlich und böse in die Welt. Sergej sah irgendwie aus wie der Teufel und als Lukas flüsterte, dass Sergej ja gar keinen Vertrag mit ihm gemacht hätte, fing der laut an zu lachen. Es hallte aus allen Ecken und jagte Lukas einen gehörigen Schrecken ein. Denn er erkannte nun, mit wem er sich da wirklich eingelassen hatte. Dieser vermeintliche Sergej war kein einfacher Handelsreisender, er sah auch nicht so aus wie der Teufel – nein, er war selbst der Teufel, der Leibhaftige, und Lukas hatte seine Seele diesem Leibhaftigen verkauft! Denn es gab sehr wohl einen Vertrag, den der Teufel in Sergejs Gestalt dem armen Lukas untergejubelt hatte. Und dann erzählte Sergej mit schriller fordernder Stimme, zynisch grinsend von dem seltsamen Vorfall in der Klause des Ortes. Denn dort war Lukas das Bierglas heruntergefallen und er hatte sich an den Scherben geritzt. Diesen Moment hatte Sergej nur abgewartet und dann Lukas' Hand gedrückt. Unter dem Handschlag aber lag ein vorgefertigter Vertrag, den Sergej, also der Teufel höchstpersönlich, ausgefertigt hatte. Darin verpflichtete sich Lukas, zu bestätigen, dass er zwar all das viele Geld bekommen würde und er im Gegenzug die Oblaten an die Leute verteilte, aber drei Jahre später die gesamte Summe in einem Stück an Sergej zurück zu zahlen hatte. Lukas Blut, das in großer Menge aus seiner Hand auf den Vertrag tropfte, besiegelte den Vertrag. Nun war der Teufel gekommen, um sich einerseits das gesamte Geld zurückzuholen und andererseits Lukas' Seele für immer zu vernichten. Lukas wurde kreidebleich und konnte nichts mehr sagen. Er spürte, wie sein Herz unregelmäßig zu schlagen begann und er fühlte, dass er schon in wenigen Augenblicken sterben würde. Zu viel Schlimmes war geschehen und zu geldgierig war er gewesen. Es gab wirklich keinen Ausweg mehr und der Teufel lachte, dass die letzten Gläser auf Lukas Tisch laut knirschend zerbarsten. Der Gehörnte hatte gesiegt und Lukas war für alle Ewigkeiten verflucht. Und als der ehemalige Pfarrer zu dem kleinen Behälter mit den restlichen Oblaten schaute, die er sich zum Andenken an seinen Riesenerfolg aufbewahrt hatte, erschrak er gleich noch einmal. Denn aus dem Behälter tropfte Blut, das Blut all der vielen Menschen, die durch seine Gier, durch seine herzlose Unmenschlichkeit zu Tode gekommen waren. Weinend rutschte er zusammen, fiel auf den hölzernen schmutzigen Boden und rührte sich nicht mehr. Es schien, als wäre sein Schicksal damit für alle Ewigkeiten besiegelt und sein elender Tod wäre die gerechte Strafe für ein Leben in Raffsucht, Gier und Maßlosigkeit. Sergej, besser gesagt der Teufel, rieb sich die Hände, trat noch einmal gegen den leblosen Lukas, um sich zu vergewissern, dass der auch wirklich tot war und flog kreischend aus der baufälligen Holzhütte auf und davon!

Draußen hatte sich längst die dunkle Nacht über den Ort gelegt, da tauchte plötzlich ein alter Mann in einem weißen Umhang auf. Er hatte einen langen dicken Holzstock dabei, der ihm wohl als Wanderstock dienen mochte, und er trug einen langen weißen Bart. Vor der alten Hütte blieb er stehen und schaute kurz zum Himmel hinauf. Da fiel ein gleißend heller Lichtstrahl zu ihm herab, genau auf Lukas Hütte. Schließlich trat der Fremde ein und sah Lukas tot am Boden liegen. Mit seinem Holzstock berührte er ganz sacht den Leichnam und setzte sich dann auf einen der beiden kippelnden Stühle. Lange brauchte er nicht zu warten, da bewegte sich Lukas wieder. Zunächst nur ein ganz klein we-

nig, dann aber schon recht kraftvoll und schließlich erhob er sich stöhnend vom Boden. Als er den alten Mann auf dem Stuhl sah, konnte er es zunächst nicht glauben. Denn er nahm an, Sergej hätte eine weitere Gestalt angenommen, nur, um ihn zu täuschen. Der Fremde aber grinste nicht und sagte auch nichts; er saß nur einfach da und schien Tränen in seinen Augen zu haben. Da ahnte Lukas, dass es nicht der Teufel war, dass nicht Sergej auf diesem Stuhle saß, sondern jemand anderes, von dem er glaubte, dass der ihn längst verlassen habe. Er ließ sich wieder auf den Boden fallen, ergriff das weiße Gewand des Fremden und küsste es, während er bitterlich weinte. „Oh Herr", sagte er dann, „ich weiß, ich habe dich sehr enttäuscht, ich habe alle Menschen, die mich mal kannten, auf das Bitterste enttäuscht. Ich war gierig, ich wollte nur noch Geld und habe nur noch an mich gedacht. Dabei hatte ich nicht bemerkt, wie schlecht es den Schäfchen in meiner Gemeinde ging und wie viele starben, weil sie die vergifteten Oblaten gegessen hatten. Oh Herr, bitte verzeih mir und nimm meinen Leib dafür, dass ich so maßlos und böse war. Aber bitte vergib mir diese Schuld. Ich habe einem Schwindler meine Seele verkauft und mein Recht auf das Leben für immer verwirkt."
Der Fremde hörte sich alles geduldig an und schwieg noch immer. Er schien wohl nachzudenken und dann schaute er traurig aus dem kleinen Fenster. Von draußen fielen helle Lichtstrahlen in die Hütte und erhellten den Raum als

sei es Tag. Dann schaute er zu dem demütig am Boden liegenden Lukas und sagte: „Komm, steh wieder auf, denn du bist kein schlechter Mensch. Du hast nur etwas falsch gemacht, aber der, der ohne Sünde ist, der werfe den ersten Stein!" Lukas schaute zu dem Fremden und er fühlte plötzlich eine unerklärliche Wärme in seinem Herzen. Ihm war nicht mehr so schlecht und er fühlte sich auch nicht mehr nahe dem Tod, sondern reich an Leben und Lebendigkeit. Dennoch fühlte er sich schuldig und wieder senkte er seinen Kopf. Der Fremde strich ihm übers schüttere Haar und sprach dann leise: „Fürchte dich nicht, dem Teufel kann jeder verfallen, denn dazu ist der Mensch eben Mensch und nicht Gott. Glaube mir, du hast zwar große Schuld auf dich geladen, doch du hast sie eingesehen und bist voller ehrlicher aufrichtiger Reue. Du sollst eine zweite Chance erhalten, weil ich weiß, dass du es schaffen wirst. Wenn ich gehe, wird es so sein, als seien die letzten drei Jahre nie gewesen. Du kannst noch einmal von vorne beginnen und die Zeit sinnvoll nutzen. Aber bedenke, dass du nur diese eine allerletzte Möglichkeit hast. Eine weitere, eine dritte Chance kann ich dir nicht geben. Nutze sie und nun sei gesegnet." Lukas erhob sich und setzte sich an den Tisch zu dem Fremden, der ihm nun gar nicht mehr so fremd erschien. Der lächelte in wenig und doch auch sehr besorgt. Und der helle Lichtstrahl verbreitete eine unglaublich wohltuende, nie in dieser Hütte gewesene Wärme, eine Behaglichkeit, eine Sicherheit, die Lukas nie zuvor gespürt hatte. Und er nahm die Hand des Fremden und küsste sie. Der Fremde erhob sich und schlug ein Kreuz über Lukas. Schließlich verließ er die Hütte und der Lichtstrahl verschwand. Lukas, der noch immer im Banne des soeben erlebten stand, wollte dem Fremden danken, wollte ihm noch so viel sagen und er rannte aus der Hütte. Doch als er draußen war, hatte sich die Dunkelheit der Nacht schon wieder ausgebreitet und der Fremde war nirgends mehr zu sehen. Langsam, ein wenig ängstlich auch und schluchzend ging Lukas in die Hütte zurück und setzte sich an den alten windschiefen Holztisch. Er wusste längst, wer ihn da aufgesucht hatte und er wollte wirklich nie wieder so sündigen wie einst. Denn solch eine Schuld wog schwer und lag wie ein zentnerschwerer Felsblock auf seiner Seele. Nur die Kraft seines Glaubens und der Segen des Herrn ließen ihn das alles leichter ertragen. Hundemüde legte er sich schließlich in sein Bett und schlief sofort ein.

Am nächsten Morgen schien alles anders. Er lag im Bett, ja, aber nicht in der alten Hütte wie gestern noch! Er befand sich im Zimmer der Pension jenes kleinen Ortes, in welchem er schließlich als Pfarrer zu arbeiten begann, und der Kalender gegenüber seines Bettes zeigte ein Datum an, welches drei Jahre zurücklag. Da fielen ihm die Worte des Fremden ein und er nahm sich vor, alles besser, alles anders zu machen. Er zog sich seine Robe über und lief in den Ort, den er eigentlich schon kannte, in dem er in diesem neuen Leben aber noch vollkommen unbekannt war. Er begann noch einmal als Pfarrer und arbeitete hart, um seine Schulden abzutragen. Die Menschen achteten und schätzten ihn für seine Bodenständigkeit, für seine Ehrlichkeit und für seine einfache menschliche Art. Er half den Leuten, wo er nur konnte und war ein guter gottesfürchtiger Mensch. Als sich eines Tages ein mysteriöser Handelsreisender bei ihm meldete, um in seiner Kirche selbstgebackene Oblaten zu verteilen, lehnte er kurzerhand ab. Denn der Händler wollte ihn gut entlohnen und ihm ewigen Reichtum sichern. Lukas aber lächelte nur mitleidig, denn er wusste längst, wer wirklich hinter diesem falschen Spiel steckte. Als der vermeintliche Händler zurück in seinen roten Wagen stieg, fiel Lukas auf, dass aus der Kiste, in welcher sich angeblich die vielen Oblaten befanden, eine rätselhafte Flüssigkeit tropfte. Als er näherkam und den abfahrenden Wagen genauer inspizierte, wusste er, dass seine Entscheidung richtig war und er sicher nie wieder fremde Oblaten entgegennehmen würde. Denn die Flüssigkeit, die da zu Boden tropfte, war nichts anderes als das eisigkalte, vergiftete Blut des Teufels, welches er ganz sicher niemals wieder berühren würde.

DIE H-BOMBE

Ein Radiosender war in die Luft geflogen. Es hieß, dort waren Terroristen am Werk und die hätten schließlich die Bombe gezündet. Glücklicherweise kam niemand ums Leben, doch die Gefahr war da. Und als dann auch noch die unfassbare Nachricht die Runde machte, dass eben diese Terroristen im Besitz einer Wasserstoffbombe seien, war die Panik groß! Nicht der Radiosender schien mehr Thema und auch nicht die Tatsache, dass es Terroristen waren, nein, die H-Bombe beherrschte von nun an die Medienwelt. Leider wurde nicht richtig recherchiert und die alte Krankheit der Desinformation grassierte mal wieder gefährlich durch die Lande. Dennoch glichen die großen Städte bestens bewachten Festungen, die wirklich alle technischen und menschlichen Möglichkeiten zu nutzen im Stande waren. Tatsächlich erschien wohl niemand mehr vor den Kontrollen der Einsatzkräfte und der neu gegründeten Androiden-Streifen (Roboter-Polizei), die seit einigen Tagen die Straßen durchquerten, sicher. Gegen die Androiden gab es keinerlei Waffen. Sie steckten alles weg und es schien, als wenn sich die Terroristen angesichts der übermächtigen Kontrollen nichts mehr getrauten. Brent wusste von alledem und wollte dem bösartigen Treiben ein Ende setzen. Er war Terroristenjäger und er glaubte sich auf der richtigen Spur. Die Androiden-Polizei lief beinahe stündlich Streife und Brent musste sich vor ihnen verbergen. Er wollte an den Stadtrand, um sich unerkannt mit einem der Terroristen, von dem er hoffte, er würde hinter alledem stecken, zu treffen. Als er in seinem Briefkasten jedoch ein mysteriöses Schreiben vorfand, in welchem angekündigt wurde, dass die H-Bombe schon in wenigen Stunden hochgehen sollte, wusste er auf einmal doch nicht mehr, an welchem Ende er suchen sollte. All seine Vermutungen, all sein Spürsinn schien falsch zu sein. Er kannte Namen, Hintermänner und Verflechtungen, doch diese Schrift, in welcher der Brief verfasst wurde – noch nie hatte er sie gesehen. Wieder war er am Anfang und er wusste einfach nicht mehr weiter. Nachdenklich saß er am Ufer der portugiesischen Atlantikküste und überlegte. Es dämmerte bereits und das Meer lag ruhig und friedlich, so, wie es immer war, vor ihm. Plötzlich und wie aus dem Dunkel der Nacht entsprungen fuhr ein greller Blitz aus den Wolken. Brent wollte schon nach Hause eilen, weil er glaubte, ein Gewitter beginnt aber es folgte kein Donner. Auch einen weiteren Blitz gab es nicht, dafür bildete sich vor ihm ein rechteckiger lichtdurchfluteter Kasten. Ängstlich und erschrocken versteckte sich der sonst so mutige Brent hinter einem Felsen. Der Lichtkasten war mannshoch und schien wie ein Korridor, ein Korridor nach irgendwohin. Brent rieb sich die Augen, wollte all das einfach nicht glauben. Vielleicht spielte ihm sein Verstand einen Streich, vielleicht war aber auch die Aufregung der letzten Tage und Stunden einfach viel zu viel?

Aus dem Lichtkasten trat ein fremder Mann in einem blauen Anzug auf den steinigen Weg. Er blickte sich nach allen Seiten um und schien sich irgendwie nicht zurechtzufinden. Brent überlegte, sollte er sich zeigen? Sollte er seine sichere Deckung verlassen, um den Fremden anzusprechen? Er musste es wagen, er wollte es so! Und so verließ er ein wenig zögerlich seine Deckung und stand Augenblicke später vor dem fremden Mann. Plötzlich verschwand das Lichtfenster und nur die blutrote Sonne versank im atemberaubend blankgeputzten Ozean. Da standen sie nun, zwei Menschen, von denen keiner wusste, wen er gerade vor sich hatte. Brent fasste sich als erster. „Wer bist du? Woher kommst du", stieß er hervor und wartete dann eine Weile ab. Der Fremde musterte Brent eine ebenso lange Ewigkeit bevor er endlich etwas sagte. „Ich bin Faso", antwortete er dann und Brent staunte, denn der Fremde sprach eine Sprache, die er gut kannte, deutsch! Diese Sprache hatte er viele Jahre studiert und ihm seinen Beruf als Journalist ermöglicht. „Ich komme aus Quark", sprach der Fremde weiter, „es ist ein riesiges Land und wir schreiben das Jahr 3655 nach Christus." Brent blieb vor lauter Erstaunen der Mund offenstehen. Sollte das, war er da hörte, ja selbst was er sah, wirklich wahr sein? Wurde er am Ende gar ein Opfer seiner eigenen verrückten Fantasien? Der Fremde grinste ein ganz klein wenig, schien sich wohl über Brents Unsicherheit zu amüsieren. Doch dann wurde er wieder ernst und sagte: „Brauchst keine Angst zu haben. Ich bin auch ein Mensch wie du. Nur das ich eben aus einer anderen Zeit komme. Wir testen gerade die Zeitflüge und wir suchten deine Zeit ganz gezielt heraus. Ich weiß, dass du Sorgen mit einem verheerenden Sprengsatz hast. Ihr nennt ihn wohl H-Bombe. Doch du brauchst keine Angst zu haben. Die Bombe wird sofort eliminiert. Ich weiß wo sie ist. Komm zu mir und wir gehen dorthin." Brent konnte nicht glauben, was er da hörte. Sollte dieses Geschwätz von diesem Unbekannten wirklich echt sein? Was, wenn es ein gut ausgebildeter Terrorist war? Der vermeintliche Faso schien das zu verstehen, offenbar verständigten sich die Menschen in der Zukunft auf diesem Wege. Und er war einverstanden, wollte natürlich schnellstens zu dem Ort, wo die gefährliche H-Bombe lagerte.

Noch ein wenig zaghaft aber zielsicher trat Brent neben Faso und plötzlich verschwand die Umgebung wie in einem Meer aus Licht. Genau so schnell wie alles verschwand, erschien es auch schon wieder und die beiden Reisenden schwebten über einer kleinen Stadt. Brent erkannte den Ort sofort. Es war eine kleine unbedeutende Stadt am Meer. Wie im Märchen sah sie aus und die Stille in der Wolke, die ganz und gar aus Plasma zu bestehen schien, driftete wie eine Feder über der düsteren Landschaft. „Keine Sorge", sagte Faso, „niemand kann uns sehen. Aber wir sehen dafür alles." Langsam flogen die beiden bis zu einem flachen Gebäude am Rand der Stadt. „Hier befindet sich die Bombe", sagte Faso ruhig. Er war so ausgeglichen und überlegt, dass Brent beinahe schon neidisch wurde. Doch dann blieb ihm erneut der Mund offenstehen. Denn aus dem Gebäude erhob sich irgendetwas. Als es in der Plasmawolke war, erschrak Brent fürchterlich. Es war die H-Bombe, die so groß wie ein Mittelklassewagen neben ihm schwebte. Die abenteuerlichsten Gedanken schwirrten ihm durch den Sinn: „Was, wenn das Ding hochging, alles wäre mit einem Blitz zu Ende!" Faso hingegen betrachtete sich die Bombe sehr interessiert und meinte dann so ruhig wie eben: „Interessant, so sieht also der leibhaftige Tod aus. Warum nur habt ihr es einfach nicht geschafft, solcherlei fürchterlichen Dinge für immer zu eliminieren?" Brent wollte etwas sagen, doch da bemerkte er, wie aus dem Haus, aus welchem die Bombe gekommen war, Dutzende Menschen strömten und wild um sich schossen. Allerdings trafen sie nichts, denn die Androiden-Polizei war schon vor ihnen dort. Die Männer, bei denen es sich um die gefährlichen Terroristen handelte, wurden festgenommen und abgeführt. Doch da war ja noch die gefährliche H-Bombe. Würde die tatsächlich nicht hochgehen, und was, wenn sie mit einem Zeitzünder versehen war? Aber da grinste Faso wieder so komisch und Brent wusste, dass nichts Schlimmes mehr geschehen könnte. Faso meinte, dass er nun wieder zurückmusste, zurück in seine Welt, zurück ins Jahr 3655. Brent verstand das und die Plasmawolke raste zurück zu der Stelle, an welcher sich die beiden jungen Männer aus den unterschiedlichsten Welten kennengelernt hatten. Faso hatte die Bombe mit einer sonderbaren Flüssigkeit überzogen und gemeint, dass dies eine Art Konservierung sei. Doch Brent verstand auch das nicht, wollte stattdessen noch so vieles von der so weit entfernten Zeit wissen. Und Faso erzählte ihm von Überräumen im Weltall, von Raumtransporten durch Wurmlöcher und von Erkenntnissen über die Entstehung des Universums. Es war sogar gelungen, hinter den sogenannten Urknall zu schauen und die Singularität zu verstehen. Demnach war die gesamte Entstehung des Alls ein einziges Wiedergebähren und Zerfallen. Und natürlich hatte alles etwas mit einem gewissen Plan zu tun, den man erst einmal begreifen musste. Aber über die Zivilisation, aus welcher er kam, sprach er nicht. Er meinte, dass es Brent wohl nicht verstehen könnte, wie die Menschen in dieser fernen Zeit lebten. Sie waren nicht mehr so, wie sie zu Brents Zeit herumliefen. Sie hatten längst ihre Körper in ewig existierende Erbinformationen getauscht und hatten ihr Denken auf eine wesentlich höhere Ebene gestellt, in welcher sie nicht mehr mit nur drei Dimensionen dachten, sondern mit fünf. Brent staunte und als sie sich verabschiedeten, schien es ihm, als wenn eine Träne über seine Wange glitt. Zu gern hätte er diese fremde Gesellschaft kennengelernt, die wohl doch einen recht menschlichen Ursprung in sich trug. Und als Faso mit seiner Plasmawolke in dem Lichtfenster verschwand, war sich Brent sicher, dass sich irgendwann alles ändern würde. Nur, warum wollte Faso die H-Bombe mit sich nehmen? Seine Gesellschaft hatte doch ganz bestimmt längst Waffen, die viel intensiver als eine solche Bombe sein würde. Kannten sie überhaupt noch Waffen oder lebten sie in Frieden und ewiger Liebe? Warum also war Faso so gezielt in seine Zeit gekommen? Nur, um die Bombe an sich zu nehmen?

Als sich das Lichtfenster hinter Faso schloss, wollte Brent schon wieder nach Hause gehen, aber da stutzte er. Denn eine seltsame Schrift, die er schon einmal irgendwo gesehen hatte, flimmerte wie ein böses Omen an der Stelle, wo eben noch das Lichtfenster driftete. Brent erkannte die Schrift, es war Altdeutsch und da stand zu lesen: Danke für deine Hilfe. Jetzt haben wir endlich die Technologie einer starken Waffe, mit der wir zurückkommen werden.

Höret all ihr Leute, hört
Ihr seid nicht mehr unbeschwert
Denn der Teufel ist im Ort
Bringt die Pest ganz ohne Wort
Macht nicht halt und auch nicht kehrt
Nie mehr seid ihr unbeschwert

PESTBEULEN

D er Gerichtsmediziner Clark war eine recht zwielichtige Person. Einerseits arbeitete er schnell und äußerst effizient, andererseits munkelte man, er würde des Nachts durch die Straßen ziehen und nach den Toten suchen, weil ihm der Job nicht mehr ausreichte. Wie sich herausstellte, hatte Clark auch wirklich eine Vorliebe für den Tod und für unlösbare Verbrechen. Aber erklärte sich das nicht schon durch seinen Job. War es nicht vollkommen klar, dass er sich in dieser spannenden Tätigkeit sehr wohlfühlte, weil er es nun einmal so wollte? In der Stadt allerdings geschah schon lange nichts Aufregendes mehr und so musste sich der Gerichtsmediziner mit den alltäglichen, zugegebenermaßen recht langweiligen Fällen herumschlagen und den abendlichen Mond anflehen, dass doch noch was passierte. Das jedoch schien sich schon sehr bald ins Gegenteil umkehren.

Es war eine sehr laute Nacht. Dumpf grollte der Donner und kündete gespenstisch von unheimlichen Vorgängen, wie auch die grellen Blitze, die wie rote Pfeile gefährlich aus den tiefschwarzen

Wolken zur Erde hinunterschossen. Eine alte Frau lief humpelnd durch die Straßen und blieb immer wieder stehen, um zu verschnaufen. Offenbar war ihr der Weg zu anstrengend, doch sie wollte nicht lange so stehenbleiben. Sie wollte weiterkommen und wollte beizeiten zu Hause sein. Plötzlich jedoch huschte ein dunkler Schatten unter einer Straßenlaterne hindurch und die Alte blieb erschrocken stehen! Was war das – hatte sie sich etwa nur geirrt oder war da wirklich jemand langgehuscht? Und sah die Gestalt nicht aus wie der Leibhaftige? Schwarze Kutte, die Kapuze tief ins Gesicht gezogen, eine Sense in der Hand, war es wirklich eine Sense? Wenn es so war, wie konnte so etwas möglich sein? Andererseits regnete es in Strömen und da schien es nur natürlich und vollkommen normal, dass die Leute Anoraks mit Kapuze anzogen. Doch irgendwie schien ihr die Sache nicht geheuer und sie lief eilig weiter. Plötzlich blieb sie erneut stehen, weil sie nicht weit vor sich etwas Sonderbares bemerkte; was lag da unter der Laterne? Sollte sie hingehen, um nachzuschauen? Hatte vielleicht doch diese merkwürdige schwarze Gestalt, von der sie noch immer annahm, dass es der Teufel war, etwas damit zu tun? Vorsichtig näherte sie sich diesem „Ding" und erstarrte schließlich vor Schreck, denn das da vor ihr war ein Mensch! Es war ein Toter, in dessen Leib eine lange Lanze steckte. Die Alte konnte nicht einmal schreien, so gelähmt war sie. Doch dann vergaß sie all ihre Behinderungen

149

und stolperte so schnell sie nur konnte zur Polizeiwache. Die war glücklicherweise nicht weit, befand sich in einer Seitenstraße und die beiden Beamten, die in dieser Nacht Dienst schieben mussten, schienen nicht gerade allerbester Laune zu sein. Als sie allerdings die zitternde alte Frau am Tresen sahen, halfen sie ihr sofort, boten ihr einen Stuhl an und gaben ihr etwas zu trinken. Erstaunlich schnell erholte sich die Alte wieder und begann schließlich zu erzählen. Sie fiel wirklich vom Hundertsten ins Tausendste und erzählte und erzählte. Die beiden Beamten schauten sich augenrollend an und wussten nach zehn Minuten noch immer nicht, wo sich der Tote nun befand. Die Alte wollte es den beiden zeigen und bat sie, einfach mitzufahren, wenn sie die Person suchten. Natürlich sahen das die beiden Beamten nicht so gerne, doch sie erfüllten ihr den verwegenen Wunsch. Zunächst fuhren sie in die falsche Richtung, denn die ein wenig durcheinander wirkende Dame hatte die Straße verwechselt, in welcher sie den Toten fand. Dann aber waren sie richtig und die Beamten sicherten die Fundstelle. Immerhin war es ein Tatort und es handelte sich offensichtlich um einen Mord. Als die alte Dame nach Hause gefahren wurde, berichtete sie unterwegs von ihrer Beobachtung mit der schwarzen Gestalt. Sie war sich auf einmal ganz sicher, dem Leibhaftigen begegnet zu sein und war auch nicht mehr abzubringen von dieser Behauptung. Der Polizeibeamte war heilfroh, als er die Alte endlich vor ihrem Haus absetzen konnte. Lange winkte sie dem Polizisten nach und der fuhr schnurstracks in die Wache zurück. Das Polizeiaufgebot war riesig, und die Nacht wurde taghell durch die vielen Scheinwerfer, welche am Tatort aufgestellt wurden. Natürlich kam auch Clark, der Gerichtsmediziner. Als er sich die Leiche genau angeschaut hatte, wurde er sehr ernst und starrte immerfort auf das Gesicht des Toten. „Seht mal", sagte er dann, „das sind Beulen!" Die Kriminalbeamten beugten sich zu dem Toten herab und sahen es nun ebenfalls. Sein fahles Gesicht war über und über mit Beulen übersäht. Doch das war noch lange nicht alles. Clark wollte es nicht so laut sagen, aber bei den Beulen handelte es sich mit ziemlicher Sicherheit um Pestbeulen!

Die Kriminalisten standen wie versteinert auf der Straße und sprachen kein einziges Wort. Die Pest? Wie kam diese fürchterliche Seuche nur in diese Stadt? Keine Frage, schnellstens musste herausgefunden werden, wer diese Krankheit übertragen hatte, wer sie in sich trug und eventuell weitergeben könnte. Sollte man eine Gefahrenstufe ausrufen?

Unterdessen hatte sich die alte Dame zu Bett begeben. Hundemüde lag sie in ihrem weichen Federbett und wollte nach dem ereignisreichen Tag endlich einschlafen, da vernahm sie plötzlich eine seltsame Mädchenstimme, die sich anhörte, als sei sie nicht von dieser Welt:

Höret all ihr Leute, hört
Ihr seid nicht mehr unbeschwert
Denn der Teufel ist im Ort
Bringt die Pest ganz ohne Wort
Macht nicht halt und auch nicht kehrt
Nie mehr seid ihr unbeschwert

Zu Tode erschrocken zog sich die Alte die Bettdecke über die Ohren, doch es nutzte nichts - immer wieder hörte sie diesen unheimlichen Singsang. Schließlich griff sie zum Telefon und wollte die Polizei anrufen, doch da erschien eine schwarze Silhouette an der Gardine ihres offenstehenden Fensters und eine Person mit einer langen Sense in der Hand schien davor zu stehen. Die Alte traf beinahe der Schlag, denn nicht allein die Tatsache, dass sich da eine gespenstische Person am Fenster aufhielt, hatte sie zu Tode erschreckt, vielmehr war es die Tatsache, dass sie im dritten Stock lebte und sich auch kein Gerüst an der Fassade befand.

Längst hatte der Gerichtsmediziner Clark mit seiner schwierigen Arbeit begonnen und die Leiche des mit der Lanze erstochenen Mannes vor sich auf dem Seziertisch liegen. Zwar hatte er die rostige alte Lanze, die sich durch den Leib des Toten gebohrt hatte, inspiziert, aber rätselhafter Weise war sie nicht ursächlich für dessen Tod. Vielmehr war es die Pest, die ihn schon viel eher befallen hatte, als der Mordanschlag geschah, die ihn auch schon vor Tagen hatte sterben lassen. Nur, wer hatte den Mann angesteckt, wer hatte ihn infiziert? Clark erinnerte sich an die alte Dame. Er wollte sie noch einmal aufsuchen, um sie zu dem mysteriösen Fall zu befragen. Am Nachmittag des folgenden Tages suchte er sie auf. Weil sie nicht öffnete und auch ihr Nachbar, ein netter älterer Herr, nicht gesehen hatte, dass sie aus dem Hause ging, brach Clark die Türe auf. Er fand die Alte leblos in ihrem Bett. Sie röchelte nur noch und hatte ebenfalls dicke Beulen im Gesicht und an den Armen. Es bestand auch hier keinerlei Zweifel, auch die alte Dame war mit der Pest infiziert! Nur stand die Frage: Hatte sie sich bereits gestern infiziert, als sie den Toten entdeckte oder war jemand bei ihr, der sie ansteckte? Clark wusste nicht so recht, was er tun sollte, denn in der Stadt wurde der Ausnahmezustand verhängt. Niemand durfte mehr außer Haus und alle seltsam anmutenden Beobachtungen mussten umgehend bei der Polizei gemeldet werden. Nun schlug die Stunde der Trittbrettfahrer, all jener Leute, die sich bisher viel zu unbemerkt gefühlt hatten und nun endlich ihre große Chance witterten, bekannt zu werden. Clark und auch die Kriminalbeamten wussten jedoch damit umzugehen, wenngleich ihre ohnehin sehr schwierige Arbeit damit noch erheblich erschwert wurde. Glücklicherweise konnte die alte Dame gerettet werden, aber es konnte einfach nicht herausgefunden werden, woher der Pesterreger stammte. Und was war mit dieser mysteriösen schwarzen Gestalt, welche die Alte gesehen haben wollte? Alles nur Einbildung oder doch real?

Plötzlich vernahm er die Stimme eines Mädchens, und die hörte sich grauenhaft verzerrt an:

Höret all ihr Leute, hört
Ihr seid nicht mehr unbeschwert
Denn der Teufel ist im Ort
Bringt die Pest ganz ohne Wort
Macht nicht halt und auch nicht kehrt
Nie mehr seid ihr unbeschwert

Eigentlich wollte er sich schon erschrecken, doch er glaubte nicht an irgendeinen überirdischen Zauber, egal, wo auch immer er herkommen mochte. Vielmehr glaubte er noch fester daran, dass sich hinter all dem üblen Spuk ein recht irdischer Mensch verbarg. Vielleicht war es ja eine Person, die stets Ablehnungen im Leben erfahren hatte und sich auf diese perfide Art und Weise an den Menschen und der ganzen Welt rächen wollte? Nur, wer konnte das sein? Und wer konnte überhaupt an derlei Erreger ran? Machte sich diese unbekannte Person überhaupt klar, dass aus diesem Blödsinn eine weltweite Pandemie entstehen könnte, die letztlich auch dessen Leben auszulöschen vermochte? Da fiel ihm ein, dass er vor einiger Zeit einen Assistenten hatte, der gerade sein Studium abgeschlossen hatte und nirgends mehr einen Job bekam. Der junge Mann schien schon damals nicht sehr gelehrig und sein Wissen erschien Clark auch nicht gerade überragend. Schließlich wurde er entlassen, weil er die Leistungen nicht mehr brachte und seine Spur verlor sich schon nach kurzer Zeit. Nicht einmal das Zeugnis seines Praktikums ließ sich mehr zustellen. Eine kleine Spur aber war es jedenfalls schon mal. Die Kriminalbeamten spürten den vermeintlichen Assistenten in Frankreich auf und so konnte er ins Polizeipräsidium verbracht werden.

Tony, der junge ehemalige Medizinstudent, hatte seine Chance vergeigt und war nachdem er sämtliche Praktika geschmissen hatte, ins Ausland geflohen. Doch schon damals schwor er sich Rache und nach endlosen Verhören und Befragungen gab er es endlich zu. Er hatte eine Probe mit den Pesterregern aus Clarks gut gesichertem Labor gestohlen. Kurz bevor er entlassen wurde, hatte er sich den Schlüssel für dieses Labor selbst nachgefeilt und schon in dieser Zeit jenen unfassbaren Plan geschmiedet. Endlich war es gelungen, den Täter festzusetzen und ihn seiner gerechten Strafe zuzuführen. Der Fall schien gelöst und der Ausnahmezustand konnte aufgehoben werden. Clark war froh, dass alles ein solch gutes Ende genommen hatte, wenngleich er die Toten bedauerte, konnte er das Ganze doch nicht mehr rückgängig machen. Ihn traf jedoch keine Schuld, und der Fall wurde zu den Akten gelegt.

Es vergingen drei Wochen und ein neuer Praktikant wurde in der gerichtsmedizinischen Abteilung des Krankenhauses eingestellt. Genauer gesagt war es eine Praktikant-in und die zeigte sich wirklich sehr interessiert. Sie war wissbegierig und äußerst fleißig, und sie schien wirklich eine ausgezeichnete Medizinerin zu werden. Clark hatte sich bereits vorgenommen, die junge Frau ins Team aufzunehmen, da gab es einen herben Rückschlag. Die junge Dame erschien einfach nicht mehr zum Dienst. Niemand konnte sich das plötzliche Fernbleiben der sonst so korrekt erscheinenden Assistentin erklären und so fuhr Clark los, um sie aufzusuchen. Sie lebte allein in einem kleinen Haus etwas abseits am Rande eines Waldes. Es war schon dunkel, als Clark vor dem alten Gemäuer eintraf. Ein Käuzchen rief und der Wind verfing sich raschelnd im Geäst der Bäume. Im Haus brannte kein Licht und Clark musste mehrmals schellen, denn eine Klingel gab es nicht. Im Haus allerdings rührte sich nichts und es sah so aus, als die junge Frau gar nicht zu Hause war. Weil Clark das alles sehr sonderbar vorkam, lief er kurzerhand um das Gebäude herum. Hinter dem Haus war eine große Wiese, die schließlich in den dichten Wald mündete. Plötzlich raschelte es und eine schwarze Gestalt, die eine Sense in den Händen zu halten schien, schwebte wie ein böser Geist zwischen den Bäumen. Zwar konnte Clark nicht genau erkennen, wie die Gestalt wirklich aussah, aber die beiden stechendroten Lichter an der Stelle, wo sonst die Augen waren, fielen ihm sofort auf. Eine Gänsehaut lief kribbelnd über seinen Rücken und ihm wurde kalt, sehr kalt. Dann begann es auch noch zu regnen und Clark erinnerte sich an die Alte, die damals auch schon eine solche schauerliche Erscheinung hatte. Damals wollte ihr niemand glauben und nun stand er selbst vor diesem sonderbaren, schier unglaublichen Mysterium. Was sollte er nur tun, sollte er vielleicht die Kriminalbeamten anrufen? Aber bis die hier einträfen, könnte sonst was geschehen. Nein, er konnte nur eines tun, abwarten! Die schwarze Gestalt erhob sich auf einmal hoch in die Luft und begann dabei am ganzen Leib rot aufzuleuchten. Clarke erschrak fürchterlich und er spürte, wie sein Herz in der Brust wild zu schlagen begann. Sein Atem reichte nicht mehr aus und er wusste, dass er sich dringend beruhigen musste. Wenigstens er sollte einen kühlen Kopf behalten und so wurde er langsam wieder ruhig. Die Panik wich und rasch verbarg er sich hinter einem Busch. Unterdessen hatte sich ein züngelnder Feuerring um die Gestalt gebildet, alles an ihr loderte grell und puterrot auf! Und plötzlich erkannte Clark das Gesicht der Gestalt und erschrak! Denn das gespenstische Wesen, das da vor ihm schwebte und in dessen weißes fahles Gesicht er wie gebannt starrte, war niemand anderes als seine Assistentin! Ihr Gesicht war mit Beulen übersäht, und sie schien die Pest in sich zu tragen! Doch sie schwebte sehr lebendig über der Wiese und gar nicht krank oder dem Tode nah! Unter ihrer schwarzen Kapuze erhoben sich zwei Höcker. Als der Wind die Kapuze nach hinten schob, gab er den Blick auf zwei spitze Hörner frei. Clark

157

wusste nun, dass der Teufel höchstpersönlich wie ein böser Geist über der Wiese schwebte und er wollte nur noch eines, weg von hier! In gebückter Haltung und am ganzen Leibe zitternd schlich er sich zu seinem Wagen zurück, stieg ein und gab Gas! Mit quietschenden Reifen raste er davon, nur fort von diesem unheimlichen verwunschenen Ort, zurück in die Stadt, wo er seine Assistentin als vermisst melden wollte. Unterwegs jedoch vernahm er eine bebende unheimliche Mädchenstimme. Er erkannte sie sofort: Es war seine teuflische Assistentin, die in einem fort sang:

Höret all ihr Leute, hört
Ihr seid nicht mehr unbeschwert
Denn der Teufel ist im Ort
Bringt die Pest ganz ohne Wort
Macht nicht halt und auch nicht kehrt
Nie mehr seid ihr unbeschwert

KANNIBALEN

Die Partys der beiden Hausbesitzer Friedrich und Karl schienen beinahe grenzenlos. Fast jedes Wochenende feierten sie und die umliegende Nachbarschaft fragte sich schon, wie lange dieser fürchterliche Krawall noch andauern sollte. Denn der Lärm war schier grenzenlos und die Betrunkenen grölten penetrant durch die nächtlichen Straßen der großen Stadt Hamburg.

Es war die junge Studentin Amelie, die im Nachbarhaus des fragwürdigen Duetts lebte und sich vornahm, etwas dagegen zu unternehmen. Sie wusste, dass sie mit Beschwerden oder gar der Polizei keinen Schritt vorankommen würde, denn solche Art Leute würden sich ganz bestimmt gemein an ihr rächen und am Ende noch lautere Partys feiern als bisher.

Sie wollte es auf eine andere Art und Weise versuchen. So schmuggelte sie sich einfach unter die zahlreichen Gäste einer solchen „Week-End-Party" und feierte ordentlich mit. Dabei vermied sie es geflissentlich, auch nur einen Schluck Alkohol zu sich zu nehmen. Es gelang ihr, und schon bald avancierte sie zu einer gern gesehenen jungen Lady, die mittanzte und sich amüsierte, wie es letztlich von ihr erwartet wurde.

Eines Nachts wollte Amelie nun zur Tat schreiten und den Partylöwen einen gehörigen Streich spielen. Dazu nahm sie eine winzige Kamera mit zu den Gastgebern, die natürlich niemand sehen konnte, weil sie gut versteckt war. Es gelang ihr, ungeschoren bis zur Party vorzudringen, kannte man diese junge offenherzige junge Frau doch schon, weil sie erst kürzlich wohl bedacht einiges Geld für Getränke gespendet hatte. Und so mischte sich Amelie unter die rockenden und saufenden Gäste und nahm alles unbemerkt auf ihren Mikrochip auf, was sie nur einfangen konnte. Ein Mittvierziger, der es besonders bunt zu treiben schien, war ihr Anhaltspunkt. Sie verfolgte ihn überall hin und nahm seine Aktivitäten, also seine Saufarien und seine späteren Gröl-Attacken genau auf. Später wollte sie anhand eben dieses jungen Mannes beweisen, wie laut diese Partys abliefen und wie belästigend sie für die umliegende Bevölkerung waren.

Es war gegen 3 Uhr, als die Fete ihr Ende fand. Die Leute waren müde und wollten endlich heim. Auch Amelie tat so, als wollte sie gehen. Doch insgeheim heftete sie sich an den fremden Mann, den sie mit Datum und Uhrzeit aufzeichnen wollte, damit sie all das später einem Staatsanwalt vorlegen konnte. Als der Fremde von der Toilette aber nicht mehr zurückkehrte, wunderte sie sich. Keinem schien etwas aufgefallen zu sein und die beiden scheinheiligen Gastgeber taten so, als sei ihnen gar nicht aufgefallen, dass jemand fehlte. Zum Schein verabschiedete sich Amelie von den beiden Männern und tat so, als würde sie das Haus verlassen. Doch insgeheim schlich sie sich um das Haus herum und verbarg sich hinter einem dichten Busch. Hier war es dunkel und in diesem sicheren Schutz überlegte sie, wie so weiter vorgehen könnte. Über dem Busch waren die Toilettenfenster, wodurch sie später schauen wollte. Der fremde Mann jedoch war noch immer nirgends zu sehen und als es endlich ruhig geworden war, alle Gäste gegangen waren, kletterte Amelie auf den Sims und zog sich bis zu den Fenstern hinauf. Glücklicherweise war sie recht sportlich und so gelang ihr diese waghalsige Klettertour. Hinter den Fenstern allerdings war niemand. Der fremde Mann aber musste wohl doch irgendwie aus dem Haus gelangt sein. Wieso hatte ihn Amelie nicht gesehen? Sie hatte ihn doch genauestens beobachtet und sich ständig an seine Fersen geheftet. Was ging hier nur vor? Sie spürte, dass irgendetwas in ihrem Magen arbeitete. Es war ein Gefühl, das sie bis zu diesem Moment nicht kannte, es war keine Angst, aber es war ein Knistern, ein merkwürdiges Summen, dass sich wie ein Bienengeschwader durch ihren Leib bewegte. Vielleicht war es ein Gruseln, eine Art von Furcht, die sie sich nicht zu erklären vermochte. Und eigentlich wollte sie ihr Vorhaben doch wieder abbrechen, aber dieses Gefühl ließ sie einfach nicht mehr los und so blieb sie einfach an der seltsamen Sache dran. Mit einem gewagten Satz sprang sie vom Sims und wartete kurz ab. Und wie sie so nachdachte, vernahm sie plötzlich ein rätselhaftes Geräusch. War das ein Tier, ein Marder vielleicht, ein zwitschernder Vogel, aber das Geräusch glich keinem der vermuteten Tiere, vielmehr schien es aus dem Keller des Hauses zu kommen. Ein Kellerfenster stand offen, doch es war viel zu klein und zu schmal, dass Amelie hätte dort einsteigen können. Sie musste nach einem Hintereingang suchen, vielleicht konnte sie ja von dort in das Haus gelangen. Tatsächlich fand sie eine solche Tür, die sich sogar öffnen ließ. Doch dann überkam sie doch noch die kalte Angst, die sie ein wenig zögern ließ. Sollte sie sich wirklich dieser Gefahr aussetzen oder doch besser nach Hause fahren? Gab es überhaupt eine Gefahr? Die Neugierde siegte und so trat sie ein. Im Inneren des Kellers roch es moderig und muffig und es war feucht und kalt. Vorsichtig und langsam schlich sie durch einen langen Gang bis sie schließlich vor einer hölzernen Türe stand. Dort war das sonderbare Geräusch am lautesten. Zaghaft drückte sie die schmiedeeiserne Klinke und öffnete die Tür einen winzigen Spalt. Für einen Augenblick hielt sie den Atem an und lugte schließlich mutig durch die schmale Öffnung. Nur langsam gewöhnten sich ihre Augen an die plötzliche Helligkeit, aber was sie dann erblickte, ließ sie vor Schreck erstarren! Auf einem langen Tisch, der von mehreren Lampen angestrahlt wurde, lag der gesuchte fremde Mann. Und die beiden vermeintlichen Gastgeber standen um ihn herum, hatten lange, Macheten gleichende Messer in den Händen und grässlich verzerrte, blutverschmierte Gesichter. Überhaupt glich der gesamte Raum einem Schlachtraum und Amelie wusste nicht, was sie in diesem entsetzlichen Moment noch denken sollte. Ihre wirren Gedanken schossen Purzelbäume und sie spürte, wie das Zittern und Beben in ihren Armen und Beinen immer heftiger wurde. Ihr Herz schlug ihr bis zum Hals und die Übelkeit machte sie wie ein immer heftiger werdender Orkan in ihrem ganzen Leibe breit. Sie konnte nicht mehr stehen und rutschte schließlich kraftlos in sich zusammen. Dennoch konnte sie sich mit letzter Kraft an der kühlen Wand hinter sich festhalten und richtete sich mühsam wieder auf. Sie musste schnellstens die Polizei rufen und so schlich sie sich auf die Wiese hinterm Haus, wo sie ihr Handy zückte. Die schnell eintreffende Polizei umstellte das Gebäude und stürmte es schließlich. Doch bis auf den verstümmelten Leichnam fanden sie niemanden mehr. Die beiden Hausbesitzer hatten sich wohl zuerst gierig über den jungen Mann hergemacht und mussten anschließend in Panik geflohen sein.

Amelie zeigte den Beamten das soeben aufgenommene Video, doch auch dort waren die beiden Gastgeber nicht zu sehen. Es schien, als wenn die beiden einfach gelöscht wurden, aber wie war so etwas nur möglich? Auch die Telefonnummern der Gäste, die bei den Partys mit dabei waren, hatte sie nicht. Und so wurde das Haus schließlich gesperrt und strengstens bewacht. Doch die Sache wurde noch mysteriöser. Denn als die Polizei in den Medien nach den Gästen der Partys suchte, meldete sich niemand. Es schien, als ob all das, die verrückten lauten

Partys, die ausschweifenden Feiern nie stattgefunden hätten. Und die beiden vermeintlichen Partylöwen konnten nicht dingfest gemacht werden, weil man sie nicht finden konnte. Es war eine alte Zeitung, die Amelie in ihrer Jackentasche fand. Darauf hatte sie sich wohl eine Notiz gemacht, als sie den fremden Mann beobachtete. Sie wollte den Papierfetzen schon wegwerfen, da stutzte sie. Denn der Artikel, der auf dieser Seite zu lesen war, schien wohl von Kannibalen zu handeln. Als sie das schwarzweiße Foto darunter betrachtete, traf sie beinahe der Schlag. Denn es zeigte die beiden Hausbesitzer, die von der Polizei gesucht wurden. Als sie den Artikel jedoch weiterlas, sprang ihr beinahe das Herz aus der Brust! Denn es war ein Zeitungsartikel aus einer längst vergangenen Zeit! Dort stand, dass es sich bei den beiden Kannibalen um die Massenmörder Friedrich Haarmann und Karl Denke handelte. Allerdings waren die beiden Personen des kannibalischen Grauens schon seit neunzig Jahren tot.

TEUFLISCHE BEGEGNUNG

Es war ein heißer Sommertag und John war mal wieder mit seinem neuen Cabrio unterwegs. Er liebte es, wenn die Sonne in sein Fahrzeug schien und er genoss die zahlreichen Blicke der Leute. An diesem Tage wollte er einmal etwas weiterfahren als sonst. Schon lange hatte er die Stadt hinter sich gelassen, da zog ein Gewitter auf. Obwohl er sich nicht vor solchen Naturerscheinungen fürchtete, erschien ihm diese Gewitterfront doch sehr seltsam. Es waren tief schwarze Wolken, die sich rasch näherten und John schloss schleunigst das Verdeck des Wagens. Die immer stärker werdende Dunkelheit hatte irgendetwas Bedrohliches. John hatte so etwas noch nie erlebt. Plötzlich setzte ein heftiger Sturm ein. Taubeneigroße Hagelkörner schlugen gegen die Scheiben und die ersten Risse zeichneten sich bereits ab. Die Straße glich einem Billardspiel. Überall sprangen die Hagelkörner umher und John bog in eine schmale Waldschneise ein und hielt den Wagen an. Unter dem dichten Blätterdach des Waldes fühlte er sich zunächst sicher genug. Doch die grellen Blitze, welche die Dunkelheit kurzzeitig erhellten, sowie die heftigen Donnerschläge kurz danach, beunruhigten ihn zusehends. Er wusste nicht mehr, was er tun sollte. Umkehren war zu riskant und weiter in den Wald wollte er ebenfalls nicht hineinfahren. So beschloss er zu warten, bis sich das Gewitter vorzogen hatte. Aber das Gewitter verzog sich

165

nicht. Mittlerweile tobte es bereits zwei geschlagene Stunden. Lediglich der Hagel verwandelte sich in einen heftigen Landregen. Ratlos saß er in seinem Wagen und hörte sich eine CD nach der anderen an. Langsam ging ihm die Musik auf die Nerven. Er suchte nach seinem Handy, fand es jedoch nicht. Auf dem schmalen Waldweg vor ihm sah er eine Gestalt. Behäbigen Schrittes kam sie auf das Fahrzeug zu. Weil es so dunkel war, konnte John nicht sehen, wer es war. Er schaltete die Scheinwerfer ein, doch was war das, die Gestalt war spurlos verschwunden. Wie konnte das nur möglich sein? Mied diese Person etwa das Licht? Aber warum? John hatte plötzlich so ein merkwürdiges Gefühl im Bauch. Und obwohl er sich alles andere als fürchtete, spürte er jetzt doch diesen seltsamen Schauer, der ihm über den Rücken lief. Hatte er sich vielleicht geirrt? War da in Wirklichkeit gar keiner? Doch als er die Scheinwerfer wieder ausschaltete, glaubte er doch, dass vor dem Wagen irgendjemand stand. Was sollte er nur tun? Sollte er einfach die Wagentür öffnen und die Gestalt ansprechen? Und warum sagte dieser „Jemand" nicht selbst etwas? John betätigte den Knopf für die Zentralverriegelung und verschloss die Türen. Im selben Augenblick hörte er eine dumpfe, gespenstisch klingende Stimme. Sie grollte zunächst wie ein Bär und begann schließlich zu sprechen: „Ich bin gekommen, um Deine Seele zu holen! Du bist zu maßlos geworden und heute wirst Du mit mir kommen." John bekam einen derartigen Schreck, dass er augenblicklich den Wagen startete und losfahren wollte. Aber er hatte nicht damit gerechnet, dass der heftige Regen den Waldweg sehr stark aufgeweicht hatte. So war es ihm unmöglich, auch nur einen einzigen Zentimeter zu fahren. Laut heulte der Motor des Wagens auf und die Räder drehten im tiefen Morast durch. Total verzweifelt saß John hinterm Steuer. Da beugte sich die Gestalt herunter und ihr Gesicht war nun deutlich vor der Windschutzscheibe zu erkennen! John traf beinahe der Schlag, vor dem Wagen stand der Teufel! Sein knochiges fahles Gesicht wurde von einer schwarzen Kapuze verhüllt. Doch die beiden Erhebungen auf dem Kopf waren deutlich zu sehen. Das mussten die Hörner des Teufels sein. Außerdem stachen unter der scharfkantigen Stirn zwei feuerrote Augen hervor. Der Atem des Leibhaftigen musste so eisig sein, dass das Regenwasser auf der Scheibe gefror. Wenigstens musste John nun nicht mehr sein Gesicht sehen. Aber es war nicht weniger gefährlich. Denn nun setzte der Teufel das ein, was wohl am besten zu ihm passte, das Feuer! Es rumorte und knisterte und die Scheibe taute im Nu auf. Die Flammen hüllten den Wagen vollständig ein und drohten ihn zu verschlingen. John wurde es heiß und er schaltete die Klimaanlage ein. Doch das nutzte gar nichts. Die Kühlung der Klimaanlage konnte die Hitze des teuflischen Flammenmeeres nicht ansatzweise neutralisieren. Es wurde so unerträglich heiß, dass John ohnmächtig in seinem Sitz zusammensank.

167

In einer mächtigen Windhose entschwand die teuflische Gestalt, und das Gewitter verzog sich. Ein lautes Geräusch weckte John schließlich wieder. Langsam öffnete er seine Augen. Noch immer fühlte er sich schwach und ängstlich. Auch war ihm schlecht, sehr schlecht. Er glaubte, sich übergeben zu müssen. Aber es war angenehm kühl im Wagen. Das laute Geräusch, welches er hörte, wurde durch ein Klopfen verursacht. Es musste am Wagen sein. War etwa der Teufel noch … er schaute sich um. Draußen war es wieder hell geworden und irgendjemand klopfte gegen die Windschutzscheibe. Erleichtert sah er, dass es seine Schwester Ina war. Vorsichtig öffnete er die Tür und spürte die frische angenehme Luft, die um seine Nase wehte. Nach all diesen Ängsten, die er aushalten musste, nun endlich diese Erlösung. Er konnte sein Glück kaum fassen. Ina beugte sich zu ihm und fiel ihm um den Hals. Leise sagte John zu ihr: „Komm setz Dich in den Wagen!" Ina setzte sich neben ihn und er erzählte ihr, was er erlebt hatte. Dabei spürte er die misstrauischen Blicke, die ihm seine Schwester zuwarf. Doch ihr schien noch etwas ganz anderes auf der Seele zu brennen. Sie meinte, dass sie eine SMS auf ihr Handy bekommen hätte, eine SMS von John! Während sie das erzählte, holte ihr Handy und zeigte ihm die Nachricht. Darin stand, dass Ina sofort in den Wald bei „Wilhelms-Forst" kommen sollte. Er brauchte dringend ihre Hilfe, denn der Wagen sei im Morast steckengeblieben. Als Ina jedoch dort ankam, war kein Morast mehr da. Der Weg schien trocken zu sein. Und John glaubte zu wissen, dass er sein Handy daheim liegen gelassen hatte. Aber so war es nicht. Als die beiden ausstiegen, um den Weg auf eventuellen Morast oder Schlamm zu testen, entdeckte er plötzlich doch sein Handy. Es lag neben einer merkwürdigen kleinen Figur. Sie war aus Plastik und war mit einem schwarzen Umhang bekleidet. Das knochige Gesicht der Figur schaute bedrohlich unter einer schwarzen Kapuze hervor und irgendwie kam John dieses furchterregende Gesicht sehr bekannt vor!

DIE AUSZEICHNUNG

Harry war ein geldgieriger, bösartiger Mann, der nur an seinen eigenen Vorteil dachte. Er besaß zwei Chemiefabriken und verdiente Millionen. Doch auch in seinem Privatleben lief es nur, weil er den Ton angab. Seine Frau und sein Sohn hatten nichts zu melden. Alle litten unter Harrys Herrschaft. An seinem fünfzigsten Geburtstag sollte er schließlich ausgezeichnet werden. Man schlug ihn für die Medaille für Menschlichkeit und die Ehrennadel für besondere Verdienste in der Wirtschaft vor. Doch einige Wochen zuvor sollte ein windiger Journalist Harrys Treiben beinahe ein Ende setzen. Täglich fiel in den Fabriken eine Menge Abfall an. Doch dieser Abfall war hochgiftig, es war Giftmüll! So hätte er eigentlich ein besonderes Augenmerk auf die Sicherheit in seinen Firmen legen müssen. Und er hätte den Giftmüll auf speziellen Deponien entsorgen lassen müssen. Doch an dieser Stelle sparte er. Auch seine Arbeiter erhielten keinerlei Schutzkleidung. Und so kam es, wie es kommen musste! Ein Arbeiter starb an den giftigen Abfällen in der Firma. Beim unsachgemäßen Verpacken des Mülls atmete er große Mengen giftigen Staubes ein und erstickte qualvoll daran. Harry allerdings weigerte sich, der Familie eine Abfindung zu zahlen, was den Journalisten schließlich dazu brachte, alles zu veröffentlichen. Aber Harry wäre nicht Harry, wenn ihm da nicht etwas besonders Gemeines einfiele. Er kannte den Chef des Journalisten. Mit ihm verbrachte er so manch heiße Nacht in diversen Rotlichtclubs. Und Harry hatte noch „Einen" gut bei diesem Chef. So wurde der Journalist gefeuert. Die Schweinerei wurde unter den Teppich gekehrt und alles blieb beim Alten. Unterdessen rückte der Tag der Auszeichnung immer näher. Harry freute sich schon und probierte bereits Dutzende Anzüge an, er wollte der Schönste sein an diesem Tage. Endlich war es soweit und Harry ließ sich mit einer riesigen schwarzen Limousine zum stadtbekannten „Privatclub der Millionäre" chauffieren. Doch auch ein Transporter mit giftigem Müll aus Harrys Fabrik wurde auf den Weg gebracht. Davon jedoch wurde während des rauschenden Festes natürlich kein Wort gesprochen. Die Feier im Club begann und alle, die etwas zu sagen hatten, aber auch diejenigen, die gern etwas zu Sägen hätten, waren anwesend. Es gab Kaviar und Schampus. Harry rief noch schnell bei seinem Spediteur an, ob mit dem giftigen Transport auch alles glattgegangen sei. Der gab Entwarnung und Harry saß siegessicher und mit geschwellter Brust auf seinem Platz. Nachdem viel Schmalz gefaselt wurde, Pöstchen gesichert waren und man sich gegenseitig beweihräuchert hatte, wurde Harry endlich auf die Bühne gebeten. Der Moderator mühte sich redlich, Harrys zweifelhaftes Schaffen schön zu reden. Er sprach davon, dass Harry ein besonders engagierter Geschäftsmann sei und verkündete, dass er demnächst sogar notleidenden Kindern helfen wollte. Dass er sich allerdings sämtliche Spenden mit überteuerten Preisen und Abschreibungen in dreifacher Höhe zurückholte, wurde totgeschwiegen. Harry hatte ein rosiges Gesicht, als ihm die beiden Medaillen angeheftet wurden. Schließlich erhielt er noch zwei Urkunden, in welchen man sich für seine Aufopferungsbereitschaft und die vielen Arbeitsplätze bedankte. Er nahm sie entgegen und küsste sie mehrmals. Das sollte wohl zeigen, wie er sich freute, sie erhalten zu haben. Stolz stellte er sich ans Mikrofon und sprach noch einige scheinheilige Worte des Dankes zu den Leuten. Er meinte, dass er sich immer mühte, das Allerbeste zu geben und den Menschen wirklich immer nur geholfen habe, er sprach von Liebe und Menschlichkeit. Doch was war das? Beinahe schien es so, als wäre ihm alles ein bisschen zu viel geworden, denn dicke Schweißperlen glänzten auf seiner Stirn. Er schwankte vor dem Mikrofon hin und her und griff sich dabei immer wieder an seinen Hals. Und es war kaum zu glauben, aber bei dem Wort „Menschlichkeit" sank er schließlich zusammen. Er stürzte der Länge nach auf die Bretter, die sonst eigentlich die Welt bedeuten sollten und rührte sich nicht mehr. Der sofort herbeigeeilte Notarzt konnte nur noch seinen Tod feststellen. Bei der späteren Obduktion fand man heraus, dass Harry an einer schweren Vergiftung starb. Die Ermittlungen ergaben schließlich, dass mit dem Giftmülltransport am Tag der Auszeichnung auch seine Ehrennadeln und die Urkunden transportiert wurden. Um Geld zu sparen, hatte Harry kurzerhand den Extratransport gestrichen. So wurden seine Urkunden und Ehrennadeln zusammen mit den giftigen Abfällen verpackt. Eines der Behältnisse musste wohl bei der holprigen Fahrt ein Leck bekommen haben oder es war schlichtweg zu miese Qualität, sodass sich der hochgiftige Staub über die Auszeichnungen verteilte. Als Harry die Auszeichnungen erhielt, gingen bereits geringe Spuren des Giftes auf ihn über. Das allein genügte jedoch nicht, um ihm die tödliche Dosis zu verabreichen. Als er aber die Urkunden küsste, nahm er die Gifte unfreiwillig und direkt in größerer Menge auf. Das Gift wirkte sofort und Harry wurde ein Opfer seiner eigenen Schandtaten! Natürlich wollten die Gerichtsmediziner wissen, wer den Giftmülltransporter beladen hatte. Man kontrollierte die Ladungspapiere und entdeckte eine Unterschrift darunter. Es war die des Arbeiters, der vor einigen Wochen beim Einatmen des tödlichen Staubes gestorben war.

DAS ENDE DER WELT

Ich lag auf meinem Sofa und hatte den Laptop vor mir. Stundenlang blätterte ich in einer Online-Bibliothek. Ein dramatischer Tunneleinsturz, ein seltsamer Erdrutsch, eine entsetzliche Zug-Katastrophe, ich konnte mir das alles nicht erklären. Sollten wirklich all diese Unglücke durch menschliches Versagen oder andere erklärbare Naturerscheinungen erklärbar sein? Dann diese unerklärlichen Beben, die es immer wieder in bestimmten Gegenden gab. Sollten sie wirklich auf Wetterschläge oder dortige Bergbautätigkeiten zurückzuführen sein? Schließlich schaute ich mir eine wissenschaftliche Reportage im Fernsehen an. Paläontologie, Geologie, Weltraumforschung, was hatte das alles zu bedeuten? Wussten manche Wissenschaftler bereits Dinge, die uns allen noch verborgen blieben? Für mich stand fest, dass es einen Zusammenhang zwischen diesen Phänomenen und irgendetwas anderem gab. Und wenn es nicht so wäre, warum wurden dann in der letzten Zeit so viele Reportagen über all diese Themen gebracht? Ich beschloss, mich mit einem Wissenschaftler zu treffen. Hundemüde schloss ich meine Augen und schlief ein. Professor Schiller war einer der besten Geologen, über den ich schon einige interessante Abhandlungen im Internet gelesen hatte. Ich wollte mit ihm über all diese Dinge sprechen. Allerdings würde es wohl sehr schwer werden, einen Termin bei diesem vielbeschäftigten Mann zu bekommen. Also musste ich mir etwas einfallen lassen und hatte eine Idee. Ich gab vor, einen Artikel für eine namhafte Zeitung über Natur und Tiere zu schreiben. Es funktionierte und Professor Schiller erklärte sich bereit, mit mir zu sprechen. Er wunderte sich, dass ich ausgerechnet mit einem Vertreter seines Fachgebietes reden wollte. Doch er war ein älterer geduldiger Mann, dem es sichtlich Spaß bereitete, einen Jüngeren aufzuklären. Wir trafen uns in einem Straßencafé. Zunächst begann ich meine Fragestunde mit einfachen Fragen, die selbst ein Kind hätte beantworten können. Doch dann tastete ich mich weiter voran. Ich erwähnte diverse Naturkatastrophen und fragte ihn, was all das zu bedeuten hatte. Der Professor schaute mich sehr nachdenklich an. Schien er etwas bemerkt zu haben? Ich konnte mir sein plötzliches Schweigen nicht erklären. Er schaute sich nach allen Seiten um und meinte dann, dass er mit mir woanders hingehen wollte. Ich war einverstanden, verstand aber seine Reaktion nicht. Was war so schlimm an meiner einfachen Frage? Sie hatte doch noch gar nichts mit irgendwelchen Problemen zu tun. Oder doch? Wir gingen in einen kleinen Privatclub. Der Professor hatte eine Clubkarte und konnte mich als seinen Gast mitnehmen. Wir setzten uns in eine dunkle verschwiegene Ecke und plauderten weiter. Schiller fragte mich, ob ich von jemandem beauftragt wurde, solche Fragen zu stellen. Ich versicherte ihm, dass mich keiner beauftragt hatte und ich ihn aus freien Stücken und aus purem Interesse an den Dingen fragte. Plötzlich spürte ich, dass er sich auch in diesem Club nicht mehr allzu wohl fühlte. Er schlug mir einen Treffpunkt bei einer Müllhalde vor. Er meinte, dort könnte er freier sprechen als in diesem Club. Schon am nächsten Tag sollte es sein. Schnell verabschiedete er sich und verschwand. Am nächsten Tag stand ich zum vereinbarten Termin an besagter Müllhalde. Ich kannte solche Treffpunkte aus meiner Zeit als Journalist. Es dauerte lange, bis der Professor endlich erschien. Seinen Wagen parkte er hinter dichten Büschen eines angrenzenden Waldstückes. Schließlich liefen wir beide über die Wiese rund um die Halde und ich stellte dem Professor eine Frage nach anderen. Ich hatte den Eindruck, als sei er gelöster und aufgeschlossener als noch am Vortage. Er sprach von einem mysteriösen Gutachten, welches kürzlich bei ihm in Auftrag gegeben wurde. Wer es in Auftrag gab, wollte er mir nicht sagen. Demnach wären die von mir genannten Katastrophen keinesfalls reine Zufälle oder gar auf menschliches Versagen zurück zu führen. Die Untersuchungen ergaben, so der Professor, dass sich diese Vorfälle sogar noch verschlimmern würden. Er sprach vom Anheben des Meeresspiegels, von Überflutungen, von Katastrophen ungeahnten Ausmaßes. Außerdem sprach er von einem Ur-Krater und von diversen Supervulkanen. Ob diese Supervulkane in den nächsten Jahren ausbrechen würden, wusste er nicht. In jedem Falle hörte ich am Schluss seiner grausigen Ausführungen nur noch den Satz: „Es ist das Ende der Welt, so wie wir sie kennen!" Schockiert schaute ich in das Gesicht des Professors. Ich konnte nicht glauben, was er mir da gerade erzählte. Ich wollte wissen, ob die Erde diese Katastrophe überstehen könnte. Der Professor holte tief Luft. „Ich weiß es nicht", sagte er dann mit düsterem Gesichtsausdruck, „es gibt nämlich viele solcher Supervulkane. Ob sie zugleich ausbrechen oder erst in Millionen von Jahren, weiß ich nicht. Brechen sie aus, wäre das vermutlich verheerend!" Der Professor schaute mich vielsagend an und ich ahnte, was er damit meinte. Fassungslos starrte ich den Professor an, schaute auf die Landschaft um mich herum und schüttelte ungläubig meinen Kopf. In diesem Moment verfluchte ich meinen Wunsch, mit dem Professor je gesprochen zu haben. Andererseits wollte ich es so. Plötzlich druckste der Professor unsicher herum, war da etwa noch etwas? Ich erkundigte mich danach. „Ja, es gibt da noch etwas", meinte er schluchzend, „die Katastrophen brechen nicht zufällig über uns herein." Ich setzte mich auf einen Baumstumpf und fragte interessiert, was er damit meinte. Schiller antwortete, dass weit draußen im Universum ein unvorstellbar riesiges Raumschiff entdeckt worden sei. Es bestehe aus einer unbekannten gasförmigen Materie und hatte vor einigen Jahren Funkkontakt mit uns aufgenommen. Diese Wesen waren auf der Suche nach einer neuen Welt. Ihre eigene sei durch eine Supernova ihrer Sonne vollkommen zerstört worden. Sie fanden die Erde und diese war ihrem eigenen Heimatplaneten sehr ähnlich. Nur ihre Atmosphäre war stark schwefelhaltig. Da sie auf der Erde in Zukunft leben wollten, begannen sie nun, die alten Supervulkane von ihrem Raumschiff aus zu aktivieren. Innerhalb der folgenden dreißig Jahre würden sie die Erde umwandeln. Kein Mensch könnte dann mehr dort leben. Ich wusste nicht mehr, ob ich dem Professor weiter zu hören wollte. Zu entsetzlich und zu fürchterlich erschienen mir seinen Ausführungen. Sollte ich ihm all das wirklich glauben? Was sollte aus uns Menschen dann werden? Der Professor aber sagte, dass es ein geheimes Abkommen zwischen den Außerirdischen und einigen Wissenschaftlern gäbe. Die Erdbevölkerung sollte zunächst auf dem kleineren Mars angesiedelt werden. Denn die Außerirdischen seien zahlenmäßig der Erdbevölkerung weit überlegen. Der Mars würde nach einem sogenannten „Terraforming"-Verfahren mehrere Städte bekommen und die Erdbevölkerung könnte dann dorthin umgesiedelt werden. Der Professor wollte weitererzählen, doch ich konnte mir das alles nicht mehr länger anhören. Solch einen Unsinn hatte mir wirklich noch keiner weismachen wollen. Aber war das wirklich nur Unsinn? Ich jedenfalls glaubte dem Professor kein einziges Wort. Irritiert und mit einem seltsamen Gefühl im Magen beendete ich mein Interview. Der Professor verlangte strengste Verschwiegenheit von mir als wir uns verabschiedeten. Auf dem Heimweg gingen mir die wildesten Gedanken durch den Kopf. Sollten tatsächlich die meisten der Katastrophen auf der Erde auf die beginnende Umwandlung der Erde zurück zu führen sein? Wäre das unser ganz persönliches Ende der Welt? Nie wieder im Ozean baden und nie mehr durch die Wälder streifen? Nein, ich konnte es mir einfach nicht vorstellen. So etwas durfte niemals geschehen. Schweißgebadet öffnete ich meine Augen, wo war ich? Wo blieb der Professor? Ich lag auf der Liege vorm Fenster meiner Wohnung. Erleichtert stellte ich fest, dass ich alles nur geträumt hatte. Lächelnd stand ich auf und öffnete das Fenster. Da zog mir ein seltsamer, kaum wahrnehmbarer Geruch in die Nase. Und im Radio sprach irgendjemand von einer Aschewolke irgendeines fernen Vulkans, die angeblich den Flugverkehr behinderte!

SCHWESTER ANNEMARIE

Seit drei Wochen lag ich bereits im Krankenhaus. Ich hatte einen Nervenzusammenbruch und musste stationär behandelt werden. Ärzte und Therapeuten gaben sich alle Mühe, um mich wiederherzustellen. Dennoch offerierten sie mir, dass es wohl noch eine Weile dauern könnte mit meiner Genesung. Und ich spürte selbst, wie schwach ich noch war. Ich konnte kaum einen Schritt gehen, mir fehlte einfach die Kraft. Seltsamerweise hatte ich ständig das Gefühl, dass mir die Ärzte irgendetwas verheimlichten. Oder hatten sie vielleicht sogar etwas übersehen? Jedenfalls spürte ich, dass ich jeden Tag schwächer wurde. Als es mir eines Abends so richtig dreckig ging, und ich kaum noch aus dem Bett herauskam, stand sie plötzlich vor mir, diese Krankenschwester, die ich noch nie auf der Station gesehen hatte. Ihr liebevolles Gesicht strahlte so viel Wärme aus, dass ich sofort Vertrauen zu ihr hatte. Sie sprach oft mit mir und da ich in einem Einzelzimmer lag, fiel es mir auch nicht schwer, über meine Gefühle zu reden. Geduldig hörte sie sich alles an, was ich ihr erzählte. Woher sie diese endlose Geduld und diese Bereitschaft nahm, konnte ich mir nicht erklären. Bei jedem ihrer Besuche fühlte ich, dass sie irgendetwas Unerklärliches umgab. Etwas Merkwürdiges ging von ihr aus, doch es war etwas Schönes, etwas Gutes. Oft nahm sie meine Hand und drückte sie fest an ihr Herz. Dann meinte sie, ich sollte ganz fest an mich glauben. Doch eines Tages riet sie mir, ich sollte die Ärzte drängen, mich noch einmal genauer zu untersuchen. Besonders den Kopf sollte ich untersuchen lassen. Auf meine Anfrage, warum ich das tun sollte, verließ sie wortlos mein Zimmer. Ich verstand zwar nicht, was sie damit meinte, sagte aber bei der nächsten Visite dem behandelnden Arzt, dass er vielleicht doch noch eine Untersuchung durchführen sollte. Ich klagte über Schmerzen im Kopf, die ich eigentlich gar nicht hatte. Und so wurde eine Computertomographie angeordnet. Das Ergebnis lag rasch vor und der Arzt zeigte nicht sehr erfreut. Er sprach von einem kleinen Tumor, den man bei voran gegangenen Untersuchungen ausgeschlossen hatte. Man müsste allerdings noch weitere Untersuchungen durchführen, weil man noch nicht wüsste, ob dieser Tumor gutartig ist oder nicht. Und so fiel ich in ein noch tieferes Loch. Wie erleichtert war ich da, als die Schwester wieder zu mir ans Bett kam. Ich fragte sie schließlich nach ihrem Namen. Sie sagte, dass sie Annemarie hieße, Annemarie Schultz. Ich freute mich, dass sie den gleichen Familiennamen trug wie ich. Sie machte mir so viel Mut und gab mir jeden Tag eine unglaubliche Kraft, diese schwierige Zeit durch zu stehen. Immer wenn sie lächelte, dann schien es mir beinahe so, als hätte sie Tränen in den Augen. Ich konnte mir das natürlich nicht erklären. Und als schließlich die Ärzte sagten, dass der Tumor nicht bösartig sei und sich sogar zurückbildete, fiel ich Schwester Annemarie überglücklich um den Hals. Eines Tages ging es mir so gut, dass ich aus dem Krankenhaus entlassen werden konnte. Der Tumor war fast verschwunden und ich strotzte vor Energie. Die Genesung hatte ich zum größten Teil wohl Schwester Annemarie zu verdanken. Sie kam noch einmal ins Zimmer und schien wohl schon zu wissen, dass ich endlich wieder nach Hause durfte. Lange schaute sie mir in die Augen und sagte dann leise: „Ich freu mich so sehr, dass es Dir wieder so gut geht. Du hast wieder Kraft und Mut zum Leben. Bewahre es Dir und denke immer daran, wenn man tief im Herzen weiß, dass man stark ist, dann wird man alles schaffen." Sie stand auf und winkte mir beim Hinausgehen noch einmal zu. Und wieder fielen mir die Tränen auf, die sie in ihrem Gesicht hatte. In diesem Augenblick war mir gar nicht mehr wie Nachhausegehen. Aber mir fielen die Worte ein, die sie zu mir sagte: „Wenn man tief im Herzen weiß, dass man stark ist, dann wird man alles schaffen!" Und plötzlich war es gar nicht mehr so schlimm. Sicher würde sie es nicht gut finden, wenn ich so traurig bin. Ich packte meine Tasche und besorgte in der Cafeteria des Krankenhauses noch eine Schachtel Pralinen. Damit wollte ich mich bei Schwester Annemarie für ihre Freundlichkeit bedanken. Als mich mein behandelnder Arzt verabschiedete, übergab ich ihm die Pralinen und bat ihn, damit Schwester Annemarie einen schönen Gruß auszurichten. Ungläubig schaute mich der Arzt an. Dann fragte er mich, ob ich mich bei dem Namen der Schwester vielleicht geirrt habe. Doch ich hatte mich nicht geirrt, nannte ihm auch noch den Familiennamen, den sie mir damals sagte. Der Arzt schaute plötzlich traurig zum Fenster. „Ja, es gab mal eine Schwester Annemarie", sagte er schließlich, „doch sie starb vor drei Jahren an Krebs. Sie hatte einen Tumor im Kopf, der irreparabel war." Ich konnte es nicht fassen, und bei späteren Recherchen fand ich heraus, dass es sich bei Schwester Annemarie um meine eigene Schwester handelte, die meine Eltern nach ihrer Geburt zur Adoption freigegeben hatten.

MARIENBACH

Bei meinen Urlaubszielen bevorzugte ich stets die kuriosesten Orte. Doch die Stadt, welche ich vor fünf Jahren ansteuerte, glich einer Geisterstadt. Es begann mit einer seltsamen Naturerscheinung. Eigentlich fuhr ich ganz normal auf der Autobahn meinem Ziele entgegen. Die Sonne schien und der frische Fahrtwind zog durch die offene Scheibe meines Fahrzeugs und verbreitete eine angenehme Kühle. Doch plötzlich zog ein heftiges Gewitter auf. Ich fuhr von der Autobahn ab bis zu einem kleinen Waldstück und wartete erst einmal das Gewitter ab. Plötzlich blitzte es derart heftig, dass es danach sekundenlang stockdunkel wurde. Als es wieder hell war, sah alles etwas anders aus. Die Autobahn schien verlassen. Wo sich eben noch endlose Autoschlangen ihren Urlaubszielen entgegen wälzten, gähnte nun endlose Leere. Dennoch fuhr ich weiter. Ich wollte mein Ziel noch bei Tageslicht erreichen. Mitten auf der Autobahn stand ein Fahrzeug. Es stand einfach so da und ich fragte mich, was den Fahrer dazu bewegte, so riskant zu parken. Als ich an dem Fahrzeug vorbeifuhr, sah ich keinen Fahrer darin. Wie in aller Welt kam er dazu, das Fahrzeug mitten auf der Fahrbahn abzustellen und zu verschwinden? Kopfschüttelnd fuhr ich an dem Auto vorbei. Ich schaute zum Himmel, der irgendwie merkwürdig aussah. Die Sonne war gar nicht richtig zu erkennen, sie blendete mich nur. Plötzlich erschien ein großes Hinweisschild, dass die Autobahn gleich zu Ende sei. Ich fuhr die letzte Abfahrt hinaus und erkannte am Ende der Autobahn einen nebelumhüllten Berghang. Es wurde auf eine Ortschaft hingewiesen: Marienbach. Ich hatte diesen Namen noch nie zuvor gehört. Auch mein Navigationsgerät schien sich nicht mehr auszukennen. Schon seit einiger Zeit bekam es keinerlei Verbindung zum Satelliten. Ich hielt den Wagen an, um auf meine Karte zu schauen. Doch eine Ortschaft mit diesem Namen fand ich nirgends. So fuhr ich erst einmal weiter. Hinter einem Waldstück begann der Ort Marienbach. Doch alles dort kam mir seltsam vor. Kein Mensch war zu sehen und der Ort schien vollkommen verlassen zu sein. Auf dem kleinen Marktplatz parkte ich den Wagen und stieg aus. An der gegenüberliegenden Straßenseite stand ein Bus. Da ich sonst niemanden sah, ging dorthin und wollte im Bus fragen, wo ich mich eigentlich befand. Der Fahrer saß hinter seinem Lenkrad und rührte sich nicht. Als ich ihn ansprach, reagierte er gar nicht. Ich betrat den Bus und schaute mich um. Mehrere Menschen saßen dort. Einige hatten lustige Gesichter, aber sie bewegten sich nicht, schauten regungslos nach vorn. Ich sprach einen der Fahrgäste an, doch es kam keinerlei Reaktion von ihm. Mit starren Gesichtern saßen die Leute in den Sitzen und zeigten keinerlei Regung. Ich lief durch den Bus und rempelte dabei jemanden an. Die Frau fiel wie ein Stein vom Sitz und blieb regungslos im Gang liegen. Sofort wollte ich ihr helfen, fragte, ob ihr nicht gut sei, aber sie antwortete nicht. Als ich ihre Hand nehmen wollte, erschrak ich fürchterlich. Sie war hart wie ein Stein. Und in diesem Moment wurde mir klar, dass es sich um eine Puppe handelte. Der ganze Bus saß voller Puppen. Ich lief zum Fahrer zurück, doch auch der war eine Puppe. Ängstlich verließ ich den Bus und lief kopflos durch die Straßen. Sämtliche Geschäfte waren geschlossen. Nur eines schien geöffnet zu sein, ein Gemüseladen. Zumindest standen dutzende Kisten mit Obst und Gemüse davor. Als ich mir ein paar Äpfel aus einer Kiste herausnehmen wollte, stellte ich fest, dass sie aus Plastik bestanden. Irritiert warf ich sie zurück in die Kiste und rüttelte an der Ladentür. Doch auch diese ließ sich nicht öffnen. Ich versuchte, durch die Scheibe etwas zu erkennen. Aber es ging nicht. Offenbar hatte man sie von innen mit Papier beklebt. Ich ging zurück auf die Straße. An einer Straßenecke entdeckte ich zwei Frauen. Sie schienen sich zu unterhalten. Aber als ich zu ihnen ging, um sie zu fragen, was hier eigentlich los sei, waren auch das wieder nur zwei Puppen. Vor lauter Schreck fiel mir meine Geldbörse aus der Hand. Sie fiel auf die Wiese neben dem Bürgersteig. Als ich sie aufhob, bemerkte ich, dass es kein richtiges Gras war. Es war lediglich ein künstlicher Rasen. Jetzt bekam ich Panik, was ging hier nur vor? Nichts in diesem merkwürdigen Ort schien echt zu sein. Wo befand ich mich überhaupt? In einer Filmstadt vielleicht? Aber hätte man da nicht darauf hingewiesen? Wo blieb der Regisseur, die Schauspieler? Nervös schaute ich auf meine Uhr, sie zeigte bereits 9 Uhr abends, doch die vermeintliche Sonne stand noch immer hoch am Himmel. War hier die Zeit stehengeblieben? Oder woran lag es, dass die ganze Stadt wie ausgestorben war? Und was bedeuteten diese Puppen? Plötzlich wurde es schlagartig dunkel, so, als hätte jemand die Sonne ausgeknipst. Nur die Straßenlaternen leuchteten und gaben dem rätselhaften Ort ein gespenstisches Aussehen. Noch immer irrte ich durch die Straßen. Doch mir fiel auf, dass ich mich andauernd im Kreis zu bewegen schien. Egal, in welche Richtung ich auch lief, ich landete immer wieder auf dem Marktplatz. Der ganze Ort war von einer riesigen Mauer umgeben. Aber was lag hinter dieser Mauer. Ich lief auf die Absperrung zu. Sie war mit Grünpflanzen bewachsen und besaß keinerlei Durchgang oder Tor. Es half nichts, wenn ich wissen wollte, was sich dahinter befand, musste ich schon hochklettern. Ich griff nach den Pflanzenstängeln und stellte erneut fest, dass sie aus Plastik bestanden. Diesmal erschreckte mich das nicht mehr. Irgendwie hatte ich ja schon damit gerechnet. Ich kletterte auf die Mauer und schaute drüber, doch ich konnte nichts erkennen. Überall waberte dicker Nebel, der mir schon auf der Autobahn aufgefallen war. Plötzlich glaubte ich, in einem Horrorfilm zu sein. Aus dem Nebel erschien eine riesige Hand, sie griff nach mir! Ich reagierte sofort, sprang von der Mauer auf die vermeintliche Wiese zurück und rannte. Die Hand war bereits schon hinter mir und wollte mich ergreifen. Ich kam gar nicht dazu, mir Gedanken über die Herkunft dieser Hand zu machen. Als ich an meinem Fahrzeug ankam war die Hand dicht über mir. Ich schwang mich hinein und wollte losfahren. Doch die grausige Hand ergriff mein Auto und hob es hoch! Ich starrte durch die Windschutzscheibe und konnte nicht glauben, was ich da sah. Vor mir tauchte das lachende Gesicht eines Jungen auf. Das konnte doch gar nicht sein, wie war das nur möglich? War ich Gulliver im Land der Riesen oder was sollte sonst all das bedeuten? Ich sah mich bereits im Mund des Jungen verschwinden, da rüttelte mich jemand an der Schulter. Entsetzt fuhr ich herum und schaute entgeistert in das Gesicht eines Polizisten! „Sagen Sie mal, wie lange wollen Sie denn noch hier herumstehen? Das ist kein Parkplatz! Fahren Sie bitte weiter, sonst muss ich ein Verwarngeld von Ihnen verlangen!" Fassungslos starrte ich den Polizisten an, dann schaute ich aus dem Fenster meines Wagens. Ich befand mich auf einem schmalen Weg, der in einen Wald führte. Der Polizist zog ein mürrisches Gesicht und langsam kehrte ich in die Wirklichkeit zurück. Ich musste wohl eingeschlafen sein. „Gott sei Dank, Sie leben und sind keine Puppe", stieß ich irritiert hervor und der Polizeibeamte warf mir einen misstrauischen Blick zu. Ich bedankte mich bei ihm für die Auskunft und fuhr los. Als ich endlich wieder auf der Autobahn fuhr, stellte ich erleichtert fest, dass dutzende Fahrzeuge unterwegs waren. Ich fühlte mich noch immer wie gerädert und wollte an einem Rastplatz anhalten, um etwas zu essen und vielleicht einen Kaffee zu trinken. Schon nach wenigen Kilometern entdeckte ein kleines Restaurant, welches auch nicht so teuer war. Als ich mich gestärkt hatte, lief ich zu meinem Auto zurück und orientierte mich an den Schildern, wie ich weiterfahren musste. Ich entdeckte meinen Zielort, doch was war das? Ganz unten auf der Ortsliste las ich: Marienbach, 2 Kilometer! Und an einem danebenstehenden Verkehrsschild lehnte eine merkwürdig bekleidete Puppe und grinste mich an.

MOTEL DES GRAUENS

Ich hatte gehört, dass man in Ellis Motel sehr gut übernachten konnte. Deswegen steuerte ich es bei meiner letzten Recherche- Fahrt quer durch Arizona genau dieses Motel an. Allerdings ahnte ich damals noch nicht, welche furchtbaren Erlebnisse mir bevorstanden. Seit einigen Kilometern klatschte der Regen gnadenlos gegen meine Fahrzeugscheiben. Ich wusste wirklich nicht, ob ich weiterfahren sollte. Aber ich hielt eisern durch. Als auch noch ein heftiges Gewitter aufzog, hielt ich doch an. Ich stand ganz allein auf dem kleinen Rastplatz. Da sah ich eine Person in Lederbekleidung, die aus einem angrenzenden Wäldchen sprang. Sie hatte es sehr eilig und warf irgendetwas in den Papierkorb. Als sie verschwunden war, hatte ich so ein komisches Gefühl. Ich konnte es mir einfach nicht erklären, aber ich verspürte plötzlich den Drang, aus dem Wagen zu steigen und nachzuschauen. Vorsichtig öffnete ich die Wagentür und schaute, ob jemand in der Nähe war. Blitze erhellten die Umgebung und tauchten das Gelände in ein gespenstisches Licht. Da ich niemanden sehen konnte, lief ich schnellen Schrittes bis zum Papierkorb. Zunächst konnte ich nichts Verdächtiges entdecken. Eine prall gefüllte Plastiktüte lag darin. Ich ritzte sie auf, um nachzuschauen, da fuhr ich entsetzt zurück. Aus dem Schlitz ragte eine blutige Hand und schien nach mir zu greifen. So schnell ich konnte rannte ich zu meinem Wagen und fuhr mit quietschenden Reifen auf den Highway zurück. Irgendwann gegen Mitternacht erreichte ich Ellis Motel. Ich schien der einzige Gast zu sein, denn der kleine Parkplatz hinterm Haus war leer. Auch im Inneren des Gebäudes traf ich niemanden. Nur Elli, die Inhaberin des Rasthauses stand an der Rezeption und begrüßte mich freundlich. Sie gab mir den Zimmerschlüssel und wünschte mir einen angenehmen Aufenthalt. Da der Akku meines Handys leer war, konnte ich erst dort die Polizei anrufen. Die kamen sehr schnell und gefragten mich zu meinem grausigen Fund. Sofort beorderten sie eine Streife zu dem Rastplatz. Nach einigen Minuten berichteten sie mir, dass es sich bei dem furchtbaren Fund um eine abgetrennte Hand einer weiblichen Leiche handelte. Die Tote sei noch nicht gefunden. Mir wurde schwindelig, denn der Mörder war also noch auf der Flucht. Möglicherweise hatte er mein Fahrzeug gesehen und verfolgte nun auch mich? Ich teilte den Beamten meine Beobachtungen, die ich auf dem Rastplatte machte, mit. Die versprachen, den Täter schnellstens zu suchen. Doch mir war nicht wohl bei dem Gedanken, hier draußen in der Einsamkeit, in einem winzigen Motel einem herumlaufenden Mörder ausgeliefert zu sein. Elli, die Inhaberin des Motels, versuchte, mich zu beruhigen. Sie meinte, dass man den Täter schon finden würde. Doch sie fragte mich auch, ob ich mir wirklich ganz sicher wäre, eine Person auf dem verlassenen Rastplatz gesehen zu haben. Ich versicherte ihr, dass es genauso war. Sie warf mir einen merkwürdigen Blick zu und zog sich zurück. Als ich später in meinem Zimmer war, hatte ich einen guten Blick zum Parkplatz hinterm Haus. Wegen des starken Regens konnte ich zwar kaum etwas erkennen. Doch plötzlich erschien eine Person auf dem Parkplatz. Wie ein Blitz fuhr es durch meinen Körper! Da unten stand die in Leder gekleidete Person, die ich auf dem Restplatz gesehen hatte! Sie starrte in Richtung meines Fensters. Sofort löschte ich das Licht und verbarg mich hinter der Wand neben dem Fenster. Der Fremde hatte mich also gefunden. Ich spürte, wie die Angst in mir hochkroch. Was sollte ich nur tun? Verwirrt schaute ich zu meinem Handy, doch das war noch immer nicht geladen. Immer wieder schaute ich hinunter auf den Parkplatz. Der Fremde stand nun vor meinem Wagen, doch plötzlich geschah etwas Merkwürdiges. Der Fremde schien sich zu verwandeln, er fiel auf die Knie und sein ganzer Körper schien zu vibrieren. Immer heftiger zuckte sein Leib und plötzlich wuchs er zu einem merkwürdigen Wesen heran, zu einem furchterregenden Monster! Es stand auf dem Parkplatz und hatte feuerrote Augen. Die stachen unter seinem schwarzen Fell hervor und stierten immerzu in meine Richtung. Ich konnte es nicht fassen und schaute zur Uhr, es war halb 1. Das Monster begann zu laut aufzuheulen und schritt auf den Hintereingang zu. Nun konnte es nicht mehr lange dauern, bis es zu mir käme. Ich nahm mein halb geladenes Handy vom Netz und steckte meine Brieftasche ein. Dann verließ ich schnellstens das Zimmer. Aber wohin sollte ich gehen? Am Ende des Ganges entdeckte ich eine Tür. Ich lief dorthin und klinkte mehrmals, die Tür ließ sich öffnen. Dahinter verbarg sich eine Abstellkammer. Durch einen kleinen Spalt in der Tür konnte ich den Gang gut beobachten. Es dauerte nicht lange, da erschien das Monster. Es stand vor meinem Zimmer und schaute sich gierig und mordlüstern um. Dann fletschte es seine spitzen scharfen Zahnreihen und stieß die Zimmertür auf. Ich war heilfroh, dass ich zeitig genug das Zimmer verlassen hatte. Nachdem das Monster im Zimmer verschwunden war, wollte ich schnellstens aus der Abstellkammer fliehen und zum Auto rennen. Doch ich kam nicht dazu. Ein lautes Gebrüll in meinem Zimmer, ließ mich noch abwarten. Als es wieder still wurde, glaubte ich, meinen Augen nicht zu trauen. Aus meinem Zimmer kam nicht das zähnefletschende Monster, aus dem Zimmer kam Elli, die Chefin des Motels. Vollkommen verblüfft stand ich hinter der Tür und wagte kaum zu atmen. Wie konnte so etwas möglich sein? Elli, die Chefin des Motels war in Wirklichkeit ein Monster? Fassungslos starrte ich auf den Gang. Elli war verschwunden. Ich wartete noch einen kleinen Moment ab, doch die Luft schien rein zu sein. Auf leisen Sohlen verließ ich mein Versteck und schlich in mein Zimmer zurück. Dort sah es aus, als sei eine Bombe eingeschlagen. Überall lagen zerbrochene Gegenstände, die Lampe war vom Tisch gefallen und zersprungen und meine Kleidung lag überall im Zimmer verstreut. Ich suchte alles, was mir gehörte zusammen und verstaute es in Windeseile in meiner Reisetasche. Dann verließ ich das Zimmer. Glücklicherweise befand sich niemand auf dem Gang. Elli musste wohl wieder an der Rezeption sein. Ich lief die hölzernen Stufen hinunter und wusste nicht, wie ich an der Rezeption vorbeikommen sollte. Da kehrten die Beamten zurück. Ich atmete tief ein und schritt mutig auf die Beamten zu. Doch plötzlich verwandelten sich auch die vor meinen Augen in blutrünstige Monster. Hinter der Rezeption stand Elli und fletschte ihre Zähne. Blut lief ihr aus dem Munde und ich zitterte vor Angst. Offenbar machten hier alle gemeinsame Sache. Und selbst die Polizeibeamten waren in Wahrheit blutrünstige Monster. Ich schaffte es, die Überraschung der Monster auszunutzen und rannte zwischen ihnen hindurch bis zu meinem Wagen. Ich sprang hinein und wollte starten. Doch der Motor schien defekt zu sein. Irgendetwas funktionierte nicht. Auch das heftige Gewitter, welches vorhin schon fortgezogen schien, war wohl zurückgekommen und die hellen Blitze zuckten um meinen Wagen herum. In der Tür des Motels erschienen die Monster und liefen auf meinen Wagen zu. Entsetzt und den Tod vor Augen startete ich den Motor wieder und wieder. Und plötzlich sprang er an. Als die Monster bereits in Griffweite zu stehen schienen, gab ich Gas und raste davon. Meine Hände hatten sich um das Lenkrad gekrampft und ich raste in die schwarze Gewitternacht hinein. Irgendwo an einem dunklen Wald hielt ich den Wagen an. Mich schien niemand zu verfolgen. Doch geheuer war mir die Sache nicht. Aus dem Wald glaubte ich, rote Lichtpunkte zu erkennen. Ich gab Gas und raste weiter die endlose Landstraße entlang. Stunden musste ich gefahren sein, als ich endlich einen kleinen Ort erreichte. Ich fuhr an einem Umleitungsschild vorbei und sah erleichtert mehrere Fahrzeuge, die durch die kleine Stadt fuhren. Mehrere Beamte standen an der Straße und sprachen mit Passanten. Ich hielt den Wagen an und stieg aus. Als ich einen der Beamten fragte, warum die Straße gesperrt sei, die ich eben noch entlangfuhr, schaute der mich besorgt an. Dann fragte er mich, ob es mir gut ginge und sagte dann: „Da haben Sie aber Glück. In der Nacht wurde die Straße von einem Meteoriten getroffen. Sie wurde total zerstört und musste gesperrt werden." Ich starrte den Beamten entgeistert an und erkundigte mich nach Ellis Motel. Doch der Beamte wusste nicht, was ich meinte, sagte nur: „Ein Motel gibt es dort nicht. Ellis Motel ist in einer ganz anderen Richtung, noch fünfzehn Meilen weiter nach Süden." Nun begriff ich gar nichts mehr. Ich war mir jedoch ganz sicher, den Namen des Motels an dem Gebäude, in welchem ich übernachtete, gelesen zu haben. Ich konnte es mir einfach nicht erklären. Aber ich wollte es genau wissen. Am nächsten Tag wollte ich noch einmal die gesperrte Straße entlangfahren, um nach dem Motel zu suchen. Gedacht, getan! Es gelang mir, die Polizeiabsperrungen zu umfahren und fuhr stundenlang auf der Straße entlang, auf welcher ich in der letzten Nacht vor den Monstern geflohen war. Irgendwann ging es aber dann doch nicht mehr weiter. Riesige Schilder versperrten mir den Weg. Außerdem klafften überall auf der Straße hinter den Schildern tiefe Krater. Ein Weiterfahren war vollkommen unmöglich. In der Ferne entdeckte ich ein Haus. Es ähnelte verblüffend Ellis Motel. Doch es war nur eine verfallene Ruine. Ich näherte mich der Ruine und erschrak! An einem verbrannten zerbrochenen Pfosten baumelte ein altes Holzschild – darauf stand beinahe schon unleserlich geschrieben: *Ellis Bar*. An einem weiteren zersplitterten Schild neben dem vermutlichen Eingang stand noch etwas: *Geschlossen ab 01.01.1866.* Und aus dem Wald hinter der Ruine glaubte ich, zwei feuerrote Lichtpunkte zu sehen.

POLTERGEIST

Vor drei Jahren suchte ich eine neue Wohnung. Ich fand sie in einem alten Hause am Rande der Stadt. Nach kurzem Überlegen zog ich dort ein und freute mich bereits darauf, meine neuen Nachbarn kennen zu lernen. Besonders die ältere Dame, welche über mir lebte, fand ich sehr nett. Wir verstanden uns sofort und trafen uns immer, wenn es möglich war. Dennoch hatte ich immer das seltsame Gefühl, dass irgendetwas mit dieser Dame nicht stimmte. Manchmal schien sie mir kühl und unnahbar. Auch ihre Wohnungseinrichtung erschien mir recht spärlich. Außer zwei Schränken, einem Bett und einer winzigen Küche besaß sie nichts. Nicht einmal einen Fernseher hatte sie. Ich fragte sie, warum sie so wenig in ihre Wohnung stellte. Doch sie reagierte mit Schweigen und ich fragte auch nicht weiter. Die Tage vergingen und immer seltener trafen wir uns. Dafür wurde es in den Nachtstunden immer häufiger sehr laut. Wenn ich dann nach oben ging, um nachzufragen, öffnete mir keiner. Ich konnte das nicht verstehen, fragte sie am Tag darauf, was passiert sei, ob sie vielleicht meine Hilfe brauchte. Doch sie schwieg und zog sich schnell wieder in ihre Wohnung zurück. Eines Nachts wollte ich es deswegen genau wissen. Ich blieb bis Mitternacht wach, wurde dann allerdings so müde, dass ich einschlief. Gegen Zwei Uhr wurde ich von einem dumpfen Gepolter über meiner Wohnung geweckt. Eigentlich war mir nicht so recht wohl bei dem Gedanken, nach oben zu gehen. Doch ich wollte zuerst hören, was dort vor sich ging. Vorsichtig schlich ich mich durch das dunkle Treppenhaus nach oben bis vor ihre Wohnungstür. Dort war das Gerumpel sehr deutlich zu hören. Ich versuchte, Stimmen oder vielleicht sogar ein Gespräch aufzuschnappen. Doch außer dem Gerumpel konnte ich nichts hören. Ich wusste nicht so recht, was ich nun tun sollte. Da ich mir wirklich nicht sicher war, wartete ich eine ganze Weile ab. Plötzlich verstummte das Poltern und jemand klapperte an der Tür. Schnell lief ich die Treppe nach unten und lauerte auf die vermeintliche Person, die eventuell gerade die Wohnung verließ. Ich sah, wie sich die Tür einen winzigen Spalt öffnete. Schließlich fiel sie klackend wieder zu und Schritte näherten sich. In Windeseile lief ich in meine Wohnung und beobachtete das Treppenhaus durch meinen Spion. Die Person hatte das Hauslicht eingeschaltet, doch ich konnte sie nicht sehen, zumindest glaubte ich das. Denn die Schritte hörte ich ganz deutlich. Sie kamen an meiner Wohnungstür vorbei und entfernten sich schnell in Richtung Ausgang. Ich konnte mir keinen Reim auf dieses merkwürdige Treiben machen. Entweder war ich schon so müde, dass ich Gespenster hörte oder dieser Jemand war so schnell an meiner Tür vorbeigerannt, dass ich ihn nicht sehen konnte. Als das Hauslicht verloschen war und Ruhe im Hause eintrat, ging ich erneut zur Wohnung der alten

Dame. Doch diesmal war es totenstill. Keine Geräusche, kein Gepolter, nichts. Nachdenklich lehnte ich mich gegen die Wand und wartete noch einmal. Aber es tat sich nichts mehr. Die Neugierde brachte mich fast um und ich klingelte. Ich wollte fragen, ob sie vielleicht Hilfe brauchte. Doch es war so wie in den vorangegangenen Nächten, es öffnete niemand. Noch einmal versuchte ich mein Glück, ohne Erfolg. Ich ging zurück in meine Wohnung und horchte von dort noch eine Weile. Aber auch da konnte ich nichts mehr hören, es blieb ruhig. Am nächsten Morgen nahm ich mir vor, so lange zu warten, bis die alte Dame die Treppen hinunterstieg. Ich wollte sie abfangen und sie nach dem Gepolter in den vorangegangenen Nächten befragen. Aber sie kam nicht. Noch ein letztes Mal wollte ich nach oben gehen, um zu klingeln. Als ich vor ihrer Wohnungstür stand, wunderte ich mich sehr. Die Tür war angelehnt, und von drinnen hörte ich ein leises Klappern. Ich rief ihren Namen, doch es antwortete keiner. Ob ihr vielleicht doch etwas zugestoßen war? Besorgt betrat ich die Wohnung. Doch was war das, in der Wohnung stand nichts mehr. Die wenigen Möbel, selbst die kleine Küche, alles war verschwunden. Das Klappern drang aus einem Fenster, dass der Wind wohl aufgestoßen haben musste. Er bewegte die Fensterflügel hin und her. In der gesamten Wohnung sah es so aus, als lebte hier schon seit langer Zeit keiner mehr. Überall in den Räumen lagen Papierreste herum und die Tapete hatte sich von den Wänden gelöst. Ich wusste nicht, wie ich das deuten sollte. Sollte die alte Dame allen Ernstes in der letzten Nacht umgezogen sein? Aber hätte ich in diesem Falle nicht irgendetwas bemerkt? Irritiert ging ich in meine Wohnung zurück. Ich musste dringend zur Hausverwaltung, um nachzufragen, was mit der alten Dame geschehen war. Bei der Hausverwaltung zeigte man sich sehr überrascht. Der Verwalter meinte dann: „Sie können diese Dame gar nicht gesehen haben. Sie verstarb vor drei Jahren und die Wohnung steht seitdem leer." Mir war nicht wohl, als ich verwirrt nach Hause zurückkehrte. Sollte ich mich wirklich so getäuscht haben? Aber ich hatte mich doch mit der alten Dame unterhalten. Ich wusste es ganz genau! Noch einmal ging ich in die Wohnung der alten Dame. Auf dem Fußboden entdeckte ich ein Buch. Ich hob es auf und las: „Der Poltergeist". Als ich das Buch aufschlug, entdeckte ich eine Zeichnung. Offenbar hatte sich der Autor so einen Poltergeist vorgestellt, dennoch erschrak ich. Das Bildnis des Poltergeistes glich ziemlich genau der alten Dame, die einst hier gewohnt hatte.

DAS GEHEIMNIS

Für ein paar Tage hatte ich mich bei Mrs. Tucson eingemietet. Sie besaß ein wunderschönes altes Schloss in Holyhouse und vermietete seit einiger Zeit ein Gästezimmer. Manche sagten, sie brauchte das Geld, doch in Wahrheit wollte sie lediglich nicht so allein sein. Denn seitdem ihr Mann, Lord Tucson von Holyhouse nicht mehr lebte, fühlte sie sich in dem großen Haus nicht mehr so ganz sicher. Und das hing wohl irgendwie mit dem seltsamen Bild zusammen, welches in der nobel eingerichteten Galerie hing. Es zeigte ein junges Mädchen, welches vor Schloss Holyhouse stand und weinte. Mrs. Tucson meinte, die junge Schönheit mehrmals bei Nacht im Schlossgarten gesehen zu haben. Sie wäre über die Wiesen geschwebt und hätte traurige Lieder gesungen. Ansonsten hüllte sich Mrs. Tucson in tiefes Schweigen. Natürlich wurde sie von ihren Bridge-Freundinnen verlacht und irgendwann fasste sie schließlich den Entschluss, Untermieter im Schloss aufzunehmen. Denn der Spuk war ihr nicht geheuer. Ich schien in diesen Herbsttagen der einzige Gast zu sein. Mrs. Tucson meinte, dass angeblich viele Stammgäste wegen der Spukgeschichten nicht mehr kommen wollten. Mich hingegen störte das nicht. Ich fand die Geschichten spannend, und vielleicht würde ich ja auch in den Genuss kommen, die schöne Lady auf dem Bild im Schlossgarten sehen zu dürfen. Ich brauchte nicht sehr lange auf die Erfüllung meines Wunsches zu warten. In einer stürmischen Regennacht konnte ich mal wieder schlecht schlafen. Der Sturm spielte mit den Fensterläden, was mir mächtig auf die Nerven ging. Es war kurz nach Mitternacht, als ich aufstand, um mir die Fensterläden etwas genauer anzuschauen. Vielleicht konnte ich ja etwas tun, damit sie nicht mehr so laut klapperten. Als ich am Fenster stand, bemerkte ich, dass jemand durch den Schlossgarten lief. Doch es war zu dunkel, um Genaueres zu erkennen. Ich dachte sofort an Mrs. Tucsons Spukgeschichte und hoffte, das junge unbekannte Mädchen dort zu sehen. Aber von meinem Zimmer aus war mir das nicht möglich. Ich zog mir etwas über und lief durch die schier endlosen Gänge des Schlosses, bis ich endlich im Garten stand. Der Sturm war derart heftig, dass ich mich gegen ihn stemmen musste, um überhaupt vorwärts zu kommen. Außerdem peitschte mir der starke Wind das Regenwasser entgegen, sodass ich schon nach kurzer Zeit total durchnässt war. Trotzdem ließ ich mich nicht aufhalten. Allerdings entdeckte ich im Schlossgarten niemanden mehr. Hinter dem Garten erstreckte sich ein kleines Waldstück. Das dichte Blattwerk der alten Bäume schützte mich vor weiteren Attacken des Unwetters. Sie rauschten gespenstisch hin und her und ich wusste nicht so genau, ob ich weiter gehen sollte oder lieber nicht. Hinter einer dicken Eiche flackerte ein Licht. Langsam näherte ich mich und blieb vor der Eiche stehen. Sollte ich wirklich nachschauen, was sich da verbarg? Meine Neugierde siegte schließlich und ich schaute hinter den Stamm. Da war es, dieses junge Mädchen, welches soeben noch durch den Schlossgarten lief. Es saß an einem Lagerfeuer und hatte ein Kind auf dem Arm. Und es stimmte, das geheimnisvolle Mädchen war bildschön und war der jungen Frau auf dem Gemälde wie aus dem Gesicht geschnitten. Ich konnte Mrs. Tucson verstehen, dass sie an einen Spuk glaubte. Doch handelte es sich wirklich um Zauberei? So richtig glaubte ich nicht daran. Nur, warum kam dieses Mädchen immer nur nachts? Und warum sah sie dem Mädchen auf dem Gemälde so ähnlich? Plötzlich trat ich auf einen Ast. Laut knackend zerbarst dieser unter meinen Füßen. Das junge Mädchen erschrak. Nun musste ich mich zeigen. Ich lief um den Stamm herum und blieb wortlos vor ihr stehen. Sie starrte mich an und sprach ebenfalls kein einziges Wort. Ich fasste mich als erster und meinte: „Was tun Sie hier, mitten im Wald? Sie können doch ins Schloss kommen, hier ist es doch viel zu kalt." Aber die junge Schönheit schwieg und hatte Tränen in den Augen. Das Kind in ihrem Arm schlief tief und fest und ich wollte es mit meiner Fragerei auch nicht aufwecken. Dennoch sagte ich leise: „Sie können ruhig mit mir kommen. Ich habe ein Zimmer im Schloss. Da können Sie etwas essen und Ihr Kind ins Bett legen." Das Mädchen, welches eben noch beharrlich geschwiegen hatte, begann nun doch zu sprechen. Schluchzend sagte sie: „Ich kann nicht mitkommen. Mrs. Tucson mag mich nicht. Sie glaubt, ich sei ein Geist. Aber ich bin gekommen, damit sie sich um das Kind kümmert. Doch auch das Kind will sie nicht sehen." Ich war erleichtert, dass sie wenigstens mit mir sprach. Aber ich wollte von ihr auch wissen, was Mrs. Tucson gegen sie hatte. Und was hatte das alles mit dem Kind zu tun? Welches Geheimnis verbarg sich hinter der jungen Schönen? Noch einmal fragte ich sie, ob sie mit ins Schloss käme und warum Mrs. Tucson etwas gegen sie und gegen das Kind hatte. Doch sie stand plötzlich auf und verschwand wortlos mit ihrem Kind. Das Feuer, welches eben noch hell aufloderte, verlosch zischend und knackend. Ich verstand das alles nicht. Was ging hier nur vor? Nachdenklich lief ich ins Schloss zurück. Auf leisen Sohlen wollte ich in mein Zimmer gehen, doch plötzlich stand Mrs. Tucson vor mir. Sie hatte einen Kerzenleuchter in der Hand und das Licht der brennenden Kerzen gab ihrem Gesicht ein furchterregendes Aussehen. „Was tun Sie hier mitten in der Nacht", fauchte sie mich an. Ich war derart überrascht über ihr plötzliches Erscheinen, dass mir so schnell gar nichts einfiel. Ich stotterte herum, sprach von einem Spaziergang durch den Schlossgarten, obwohl mir meine Antwort mehr als dämlich vorkam. Mrs. Tucson meinte ungerührt, dass man bei diesem Wetter besser nicht aus dem Hause gehen sollte. Man holte sich schneller den Tod, als man es zu denken wagte. Bei diesen Worten fegte der Wind die Fenster der Galerie auf und das Gemälde des jungen Mädchens fiel laut scheppernd von der Wand. Ich erschrak fürchterlich, lief in die Galerie und starrte auf das Bild, welches mitten im Zimmer lag! Panisch schloss ich die Fenster, hob das Bild auf und hängte es wieder zurück an die Wand. Als ich zu Mrs. Tucson zurück wollte, war die nicht mehr da. Kopfschüttelnd lief ich über den endlos langen Gang bis zu meinem Zimmer. Von innen verschloss ich eilig meine Tür, wollte mir jedoch nicht eingestehen, dass ich mich gruselte. Am nächsten Morgen klopfte es schon sehr früh an meine Zimmertür. Ich glaubte zunächst, Mrs. Tucson wollte mich zum Frühstück holen. Doch so war es nicht. Zwar stand Mrs. Tucson vor der Tür, aber nicht, um mir die Frühstückseinladung zu überbringen. Vielmehr wirkte sie aufgeregt und nervös. Sie faselte, dass in der Nacht irgendjemand ein Kind vor den Personaleingang gelegt habe. Glücklicherweise war ich schon angezogen und ging sofort mit ihr mit. In der Schlossküche stand eine Wiege. Darin schlief ein entzückendes Wesen, ein kleines Kind. Es war ein Junge. Und es schien mir das gleiche Kind zu sein, wie es in der vorangegangenen Nacht dies junge Mädchen in seinen Armen gehalten hatte. Mrs. Tucson machte einen überforderten Eindruck. Sie wusste sich überhaupt nicht zu helfen und man spürte deutlich, dass sie wohl nie Kinder hatte. Die Köchin jedoch war sofort hin- und hergerissen von dem kleinen Würmchen. Rührend kümmerte sie sich um den kleinen Jungen. Mrs. Tucson schien sichtlich erleichtert, dass ihr die Köchin die Arbeit mit dem Kleinen abnahm. Ich hatte den Eindruck, dass sie wohl nur zu wenigen Gefühlen Kindern gegenüber fähig war. Jedenfalls schien ihr dieses Kind sogar lästig zu sein. Nur, warum? Als ich in die Galerie ging, um nach dem Gemälde zu schauen, war es verschwunden. Sofort rief ich Mrs. Tucson. Die schien gar nicht traurig über den Verlust. Sie stotterte nur herum und so langsam kam mir der Verdacht, sie selbst habe das Bild abgenommen. Ich konnte mir all diese merkwürdigen Vorgänge im Schloss einfach nicht mehr erklären. In der folgenden Nacht schien das Ganze zu eskalieren. Diesmal sah ich zwar niemanden im Schlossgarten, dafür hörte ich verdächtige Geräusche, die aus dem Keller zu kommen schienen. Ich nahm meine kleine Taschenlampe, die ich bei Reisen stets bei mir trug und lief die breite Treppe hinunter, bis ich vor einer schmalen Holztür stand. Das musste die Kellertür sein. Das merkwürdige Geräusch kam eindeutig aus dieser Richtung. Ich öffnete die Tür und stieg die schmale Steintreppe hinab. Sie war feucht und es roch modrig und faul. Als ich unten angekommen war, sah ich in einer Ecke des dunklen Gelasses wieder dieses merkwürdige Licht. Und da war sie wieder, die geheimnisvolle junge Schönheit, welche ich schon in der vergangenen Nacht im Schlossgarten sah. Sie saß an einem Feuer und weinte bitterlich. Diesmal hatte sie das Kind nicht dabei. Und in diesem

Moment wurde mir klar, dass das Kind, welches Mrs. Tucson gefunden hatte, das Kind des Mädchens sein musste. Als ich mich zu erkennen gab, erlosch das Feuer. Mehrmals rief ich nach dem Mädchen, doch es antwortete keiner. Mit der Taschenlampe leuchtete ich sämtlich Winkel des Gelasses aus, doch nirgends entdeckte ich das Mädchen. Dafür fand etwas anderes. An der Stelle, wo das Feuer loderte, hatte jemand den Fußboden aufgehakt. Das kam mir komisch vor und ich grub mit meinen Händen in der Erde. Hatte hier jemand etwas vergraben? Wollte man hier irgendetwas verstecken? Plötzlich stieß ich auf etwas Weiches! Ich kehrte die Erde beiseite und erschrak! Vor mir lag eine menschliche Hand! Mit meinem Handy rief ich die Polizei. Es stellte sich heraus, dass in dem Erdloch der tote Mr. Tucson von Holyhouse lag. Mrs. Tucson gestand, ihn umgebracht zu haben. Sie hatte ihn unter einem Vorwand in den Keller gelockt und an Ort und Stelle erstochen. Der Grund dafür war, dass der ehrenwerte Lord ein Verhältnis mit einem Zimmermädchen hatte. Aus dieser Liaison entstand ein Kind. Mrs. Tucson, sie selbst keine Kinder bekommen konnte, jagte das Zimmermädchen samt Kind aus dem Schloss und rächte sich an ihrem Mann auf diese furchtbare Weise. Mrs. Tucson wurde verhaftet und ich saß noch lange mit der Köchin in der Galerie. Bis in die Nacht sprachen wir über die unfassbaren Vorkommnisse. Dabei fiel mein Blick auf eine Vitrine. Hinter dem Möbelstück schaute irgendetwas hervor. Ich sah nach, was es war. Erstaunt zog ich das verschollen geglaubte Gemälde des jungen Mädchens hervor. Die Köchin, die das sah, sagte nur traurig: „Ach, da ist ja das Bild wieder. Das war unser Zimmermädchen, welches von Lord Tucson ein Kind bekam. Da sie draußen im Wald hinter dem Schlossgarten lebte und nicht mehr ins Schloss zurückkommen wollte, starb sie schließlich vor einem Jahr an einer schweren Lungenentzündung."

LETZTE TAXIFAHRT

Ron fuhr für sein Leben gern Auto. Und weil er ohne sein kleines altes Auto nicht mehr leben konnte, meldete er sich bei einem Taxiunternehmen, um sich auf diese Weise ganz nebenbei etwas zu verdienen. Dennoch konnte er sich irgendwann das Auto einfach nicht mehr leisten. Die Kosten waren zu hoch und die nötigen Reparaturen zu teuer. Ron wusste nicht, was er nun tun sollte. Da er nirgends einen Job bekam, wollte er noch so lange weiter Taxi fahren, bis das Auto endgültig seinen Geist aufgab. Lange konnte das ohnehin nicht mehr dauern. Eines Tages stand er mal wieder vor dem kleinen Wäldchen, wo er immer stand, wenn er auf Kunden wartete. Lange musste er warten, doch an diesem Tage schien einfach keiner mit ihm fahren zu wollen. Vielleicht lag das ja an dem schon recht sichtbaren maroden Zustand seines Autos? Er wusste es nicht und vertrieb sich die Zeit mit Kreuzworträtseln. Plötzlich wurde die Tür aufgerissen und ein Mann im schicken Anzug und einem schwarzen Aktenkoffer stieg ein. Ron war hocherfreut und erkundigte sich nach dem Ziel des Fremden. Der war ziemlich unfreundlich und forderte ihn auf, sofort los zu fahren. Ron wusste nicht, wohin es gehen sollte und fragte nochmals nach. Der Fremde wollte zum Bahnhof, und zwar so schnell wie möglich. Ron fuhr los, und weil es dem Fremden nicht schnell genug ging, forderte er ihn auf, aufs Gaspedal zu treten. Aber Ron gab schon alles, versuchte noch die letzten Reserven aus dem alten Auto heraus zu holen. Plötzlich und völlig unerwartet geschah etwas Merkwürdiges. Der Wagen machte einen Riesensatz, dann ruckelte er wie wild hin und her und raste wie wild durch die Straßen. Ron versuchte, abzubremsen. Doch aus irgendeinem Grund funktionierte die Bremse nicht. Ron trat immer wieder auf das Pedal, aber die Bremse reagierte nicht. Im Gegenteil. Der Wagen wurde schneller und schneller. Er raste durch die Straßen und ließ sich einfach nicht mehr beherrschen. Der Fremde hielt sich krampfhaft am Türgriff fest und versuchte, die Tür zu öffnen. Doch auch das funktionierte nicht, sie war verschlossen. Und obwohl Ron überhaupt nicht wusste, was hier vorging, versuchte er weiterhin, die wilde Fahrt abzubremsen. Aber das Auto reagierte auf gar nichts mehr. Es schien vielmehr ein Eigenleben zu entwickeln. Selbst das Lenkrad ließ sich nicht mehr betätigen. Wie von selbst lenkte der Wagen durch die Stadt. Der Fremde brüllte Ron an, er sollte sofort den Wagen anhalten, er wollte aussteigen. Doch Ron, der genau das vergeblich versuchte, schüttelte nur mit dem Kopf und meinte, dass er nicht wüsste, was hier los sei. Nun drohte er Ron mit Anzeigen und juristischen Konsequenzen, wenn er nicht sofort den Wagen stoppte. Aber all seine Worte verhallten und das Auto raste ungebremst durch die Straßen der großen Stadt. Ron liefen bereits die Schweißperlen übers

Gesicht. So etwas Verrücktes hatte er wirklich noch niemals erlebt. Und das Seltsamste daran war, das Auto fuhr nicht etwa zum Bahnhof. Es kreuzte in eine ganz andere Richtung. Zunächst wussten beide Insassen nicht, wohin die Fahrt ging. Doch dann wurde der Wagen plötzlich langsamer. Gerade wollte der Fremde eine neue Beschimpfung gegen Ron loswerden, da verschlug es ihm die Sprache. Denn der Wagen hielt und nicht etwa vor dem Bahnhof, sondern vor der Polizeizentrale. Der Fremde wollte aus dem Wagen springen, doch die Türen waren noch immer verschlossen. Er war derart ängstlich, dass er eine Waffe zog und Ron an den Kopf hielt. Der war so erschrocken, dass er kein Wort mehr hervorbringen konnte. Der Fremde wollte abdrücken, doch der Revolver reagierte nicht. Es löste sich kein Schuss. Aber es war ohnehin zu spät. Aus dem Polizeigebäude und aus zwei Fahrzeugen, die hinter Rons Taxi anhielten, stürmten mehrere Polizeibeamte und richteten ihre Waffen auf das Taxi. Sie forderten den Fremden auf, sofort mit erhobenen Armen auszusteigen und die Hände aufs Autodach zu legen. Und welch Wunder, die Wagentür ließ sich plötzlich öffnen! Der vollkommen irritierte Fahrgast wurde festgenommen und abgeführt. Ron zitterte am ganzen Leibe. Er erkundigte sich, warum man den Fremden verhaftet hatte. Der Polizeibeamte meinte, dass sie den Wagen bereits durch die ganze Stadt verfolgten. Demnach war der Fremde ein gesuchter Verbrecher, der in der letzten Nacht seine Frau erschossen hatte. Nun wollte er sich mit ihrem Vermögen, welches er kurz zuvor von der Bank geholte hatte, ins Ausland absetzen. Ron konnte nicht glauben, was er da zu hören bekam. Hatte sein altes Auto etwa gewusst, unmöglich! Später erhielt Ron eine hübsche Summe, die von der Familie der ermordeten Ehefrau des Fremden auf die Ergreifung des Täters ausgesetzt wurde. Es waren 20.000 Dollar. Damit konnte er sein altes Auto noch einmal herrichten lassen. Denn verkaufen wollte er es nach diesem famosen Einsatz nicht mehr. Auch Taxi fahren wollte er nicht mehr. Und der mysteriöse Spuk trat nie wieder auf.

DIE SCHWARZE PENDELUHR

Zunächst hatte ich es nicht bemerkt, doch dann sah ich es genau. An der Wand hing eine andere Uhr! Es war eine uralte schwarze Pendeluhr! Noch nie hatte ich sie in Tante Salmas Wohnung bemerkt. An dieser Stelle hing sonst eine moderne Funkuhr. Hatte sie die Uhr vielleicht ausgewechselt? Dass Tante Salma innerhalb der folgenden Stunden starb, ahnte ich nicht einmal. Sie bekam einen Schlaganfall und fiel einfach um. Ich hatte ihr etwas aus dem Supermarkt mitgebracht, weil es ihr schon seit Tagen sehr schlecht ging. Als ich zurückkehrte, fand ich sie am Boden liegend vor. Sofort rief ich den Notarzt, aber es war bereits zu spät. Und das Merkwürdigste an der Sache war, dass die Pendeluhr nach ihrem Tode nicht mehr an der Wand hing. Nur die moderne Funkuhr zeigte die exakte Zeit an. Ich konnte mir das nicht erklären. Hatte die Uhr jemand umgetauscht? Aber wer sollte das gewesen sein? Außer mir war doch keiner mehr da. Und die Männer des Bestattungsunternehmens hatten wohl wenig Interesse an dieser Uhr. Nachdem Tante Salma beerdigt war, vergaß ich den Verfall mit der Uhr und fuhr zu Bill, einem Freund, nach Bristol. Seine Frau machte ein trübes Gesicht. Als ich sie nach ihrer Traurigkeit fragte, winkte sie nur ab und fing an zu weinen. Bill ging es nicht gut. Seit langer Zeit litt er an seltsamen Atembeschwerden. Und dann passierte etwas Merkwürdiges. In Bills

Krankenzimmer entdeckte ich wieder diese seltsame schwarze Pendeluhr. Sie hing an der Wand und tickte sehr laut. Dieses laute Ticken jagte mir irgendwie Angst ein. Ich erinnerte mich an Tante Salma. Sollte auch Bill. Ich wagte nicht, weiter zu denken, schob meine Vermutungen weit von mir. Doch noch am Abend ging es Bill so schlecht, dass er schließlich starb. Gleichzeitig verschwand auch die schwarze Pendeluhr. Ich konnte es nicht fassen. Was ging hier nur vor? Eine grausige Ahnung kroch in mir hoch. Irgendetwas musste diese Pendeluhr mit dem Tod zu tun haben. Ich wusste es genau. Irgendwann schob ich das Erlebte beiseite, glaubte, dass Bill möglicherweise schon so schwer erkrankt war, dass er sterben musste. Dennoch ging mir diese seltsame Uhr nicht mehr aus dem Sinn. Obwohl ich mich zwang, nicht mehr an sie zu denken, plagten mich seit diesen furchtbaren Erlebnissen schaurige Träume. Immer wieder sah ich Tante Salma und Bill. Und immer wieder sah ich diese schwarze Pendeluhr. Ich hörte sie laut ticken und erwachte dann schweißgebadet aus meinen Alpträumen. Bill sollte in einem alten Friedhof auf dem Lande beerdigt werden. Auch ich war zur Trauerfeier eingeladen. Es war eine lange Fahrt, bis wir endlich am Friedhof ankamen. Warum Bill ausgerechnet hier beerdigt werden wollte, wusste selbst seine Frau nicht. Vermutlich fand er die Gegend so malerisch und ruhig. In der Friedhofskapelle sah es trostlos aus. Nur drei Trauergäste waren erschienen. Sie saßen schweigend und in schwarze Gewänder gekleidet auf ihren Holzstühlen und zeigten keinerlei Regung. Ein merkwürdiger Geruch zog durch die kleine Halle. Es war der kalte Hauch des Todes, der hier herrschte, ich spürte es genau. Der Pfarrer kam und sprach einige Worte. Doch sein Gesicht flößte mir Furcht ein, es war fahl und knochig! Nicht ein einziges Mal lächelte er. Seine ganze Erscheinung strahlte Kälte und Unnahbarkeit aus. Aus der Ferne vernahm ich eine Stimme, sie sang immerzu ein seltsames Lied. Ich konnte mir das alles nicht erklären. Plötzlich riss der Wind das Fenster der Kapelle auf und ich konnte nun deutlich hören, was die Stimme sang: „Die Stunde schlägt jedem, auch Dir. Geh schnell fort, sonst kommt sie auch zu Dir." Ich kann gar nicht mehr sagen, wie schlecht es mir in diesem Moment wurde. Der merkwürdige Pfarrer starrte zu mir und an der Wand sah ich etwas, dass mir einen derartigen Schreck einjagte, dass ich aufstand und davonrannte, die alte schwarze Pendeluhr. Als ich den Friedhof hinter mir gelassen hatte, blieb ich stehen. So einfach wollte ich mich nicht verjagen lassen. Schließlich war ich noch am Leben und fühlte mich auch wieder recht gut. Mutig lief ich zurück und betrat die Kapelle. Noch immer hing die Pendeluhr an der Wand. Ich zögerte, doch dann schritt ich entschlossen auf die Uhr zu und griff nach ihr. Mit einem kräftigen Ruck riss ich sie von der Wand. Dann nahm ich sie unter den Arm und rannte davon. Der Pfarrer, der das verfolge, rief mir nach, ich

215

sollte mich nicht versündigen. Doch das war mir egal. Ich konnte nicht mehr länger mit ansehen, wie diese Uhr unschuldige Menschen umbrachte. Ich rannte bis zu einem Fluss. Ohne lange zu überlegen, warf ich die Uhr mit Schwung dort hinein. Schnell versank sie und ich fühlte mich irgendwie befreit. Endlich hatte ich dieses todbringende Etwas vernichtet. Ich lief zum Friedhof zurück, wollte wieder in die Kapelle gehen, um weiterhin an der Trauerfeier teilzunehmen. Doch es war ganz merkwürdig, aber als ich am Friedhof ankam, fiel mir sofort die eingestürzte Friedhofsmauer auf. Wie konnte das möglich sein? Sollte in der Zwischenzeit ein Unglück geschehen sein? Auch der Friedhof selbst machte einen bedrückenden Eindruck. Die Grabsteine waren umgestürzt und die Wege waren mit Unkraut und Gras zugewachsen. Als ich an der Kapelle stand glaubte ich, eine Halluzination zu haben! Das Dach des Gebäudes war eingestürzt und in der Kapelle sah es aus, als hätte dort ein Tornado gehaust! Und von den Trauergästen fehlte jede Spur. Ich konnte es nicht fassen. Wo war der Pfarrer, wo all die Leute? Nachdenklich verließ ich das Gelände wieder. Sollte ich zur Polizei gehen? Auf dem Weg vorm Friedhof traf ich eine alte Frau. Ich erzählte ihr von meinen Erlebnissen. Die Alte schaute mich mit ernster Miene an und sagte, dass der Friedhof seit hundert Jahren schon nicht mehr genutzt würde. Die Gräber seien verwüstet, weil die Angehörigen schon lange nicht mehr kämen. Vermutlich seien sie selbst längst gestorben. Man erzählte sich, so sprach die alte Frau, der Friedhof sei von einem Fluch verwüstet worden. Und dieser Fluch wurde von einem alten Pfarrer ausgesprochen. Er besaß eine alte Uhr, die immer dann schlug, wenn jemand starb. Als ich der Alten von Bill und seiner Frau berichtete, nickte sie mit dem Kopf und sagte dann leise: „Ja, die beiden kenne ich noch. Sie waren damals oft hier. Sie haben dem Pfarrer auch diese Uhr gebracht. Als sie an jenem denkwürdigen Tage wieder von hier abfuhren, starben sie bei einem schweren Autounfall. Die Uhr bewahrte der Pfarrer lange in der Kapelle auf. Es war eine alte schwarze Penduluhr."

KELLERGRUSEL

Gerade hatte ich mein erstes Buch mit unfassbaren Geistergeschichten vollendet, da geschahen bei mir selbst unglaubliche Dinge. Es war bereits Nacht, als ich die E-Mail mit den neuesten Geschichten an meinen Verlag gesendet hatte. Todmüde erhob ich mich von meinem Sofa und rieb mir meine Augen. Ich hatte Kopfschmerzen und draußen goss es in Strömen. Doch es war komisch, als ich ins Badezimmer ging, schaute ich mich andauernd um. Ich konnte es mir überhaupt nicht erklären, aber ich hatte ständig das Gefühl, von irgendjemandem verfolgt zu werden. Natürlich schrieb ich das meiner unbändigen Fantasie zu, denn immerhin tummelten sich in meinen Geschichten Elfen, Engel und weiße Frauen. Ich versuchte, abzuschalten und an etwas anderes zu denken. Trotzdem ging dieses seltsame Gefühl nicht weg. Es schien mich zu beherrschen, mir irgendetwas sagen zu wollen. Ich hatte das Gefühl, den Verstand zu verlieren. Was war nur los mit mir? Plötzlich spürte ich, dass mit meinem Keller, der sich drei Stockwerke unter meiner Wohnung befand, etwas nicht stimmen konnte. Als ich in mein Schlafzimmer ging, war das Gefühl am stärksten. Ich sah meinen Keller vor mir und hatte so einen merkwürdig stechenden Schmerz in der Brust. Vor lauter Angst legte ich mich zunächst nicht in mein Bett. Ich wusste, dass bei so viel Arbeit, wie ich sie mir in den letzten Wochen zumutete, ein Herzinfarkt möglich sein könnte. Aber ich schob diesen Gedanken schnell beiseite. Doch da war wieder dieses unerklärliche Verfolgungsgefühl. Und andauernd erschien mein Keller vor mir. Ich hielt diesen Spuk einfach nicht mehr aus. Hastig zog ich mich wieder an und ging ins Treppenhaus. Es war dunkel und ruhig. Keiner der übrigen Mieter schien im Hause zu sein. Ich schaltete die Treppenbeleuchtung ein und schritt vorsichtig und leise ein paar Stufen nach unten. Wieder blieb ich stehen und lauschte, doch es tat sich nichts. Mir kam das alles mehr als albern vor und ich ging zurück in meine Wohnung. Doch da war es wieder, dieses Verfolgungsgefühl! Ich drehte mich um, aber es war natürlich keiner da. Und schließlich sah ich wieder meinen Keller. Jetzt hielt mich nichts mehr auf! Ich musste meinen Gefühlen auf den Grund gehen. In diesem Moment war mir egal, was passierte. Ich nahm meine Schlüssel und lief hinunter in den Keller. Schon als ich die Tür aufschloss, um nach dem Rechten zu sehen, fiel er mir auf, der beißende stechende Gasgeruch! Er musste aus meinem Keller kommen. Ich schloss auf, doch von da kam der Geruch nicht. Ich schaute noch einmal auf den Gang hinaus. Mir fiel auf, dass die Tür des Nachbarkellers offenstand. Vorsichtig stieß ich die Tür auf und erschrak! Im Keller lag ein alter Mann, mein Nachbar! Ich zog ihn aus dem Keller bis ins Treppenhaus. Dann öffnete ich sämtliche Fenster im Haus und im Kellergang. Schließlich alarmierte ich unseren Hausverwalter, der mit im Hause wohnte. Der kam sofort und wir fanden schnell das Leck in der Gasleitung. Der Verwalter schloss den Haupthahn und bedankte sich bei mir, weil ich so schnell gehandelt hatte. Mein Nachbar erholte sich bald wieder. Offenbar war ich gerade noch rechtzeitig gekommen. Nun hatten sich zwar meine rätselhaften Vorahnungen geklärt, doch das seltsame Verfolgungsgefühl konnte ich mir noch immer nicht erklären. Ich wusste nicht, dass sich wenig später diese Frage von selbst beantwortete. Als ich mal wieder in meinen Keller wollte, um einen alten Stuhl hinunter zu bringen, überraschte ich dort meinen Nachbarn. Er war in meinen Keller eingebrochen und hantierte an der Gasleitung herum, die durch den Keller führte. Als er sich ertappt fühlte, wollte er davonlaufen, doch ich hielt ihn am Kragen fest und rief die Polizei. Es stellte sich heraus, dass er mich über Monate heimlich beobachtet hatte. In seiner Wohnung fand man eine Kamera, die auf mein Fenster gerichtet war, sowie dutzende Videoaufzeichnungen, worauf ich zu sehen war, wie ich auf meinem Balkon lag. Außerdem fand man Fotos von mir an einer Wand in seinem Schlafzimmer. Des Weiteren gab er zu, dass er schon damals die Gasleitungen im Keller manipuliert hatte. Er gab zu, mich auf diese Weise beseitigen zu wollen. Eine medizinische Untersuchung ergab, dass er in mir einen bösen Geist sah, den er vernichten musste. Offenbar hatte er davon gehört, dass ich Geistergeschichten schrieb. Er wurde in einem psychiatrischen Krankenhaus untergebracht, denn sein Nachstellen hatte eindeutig krankhafte Züge. Als ich Wochen später wieder einmal in meinen Keller ging, um etwas dorthin zu bringen, glaubte ich, meinen Nachbarn im Kellergang zu erkennen, wie er mit einer Sense und einem schwarzen Umhang bekleidet auf mich zu kam.

DER BLUTVERTRAG

Jonny ging sehr gern zur Jagd. Er hatte bereits eine stattliche Anzahl Trophäen angesammelt. Und seine Frau Lucy wusste schon gar nicht mehr, wo sie all diese Jagdtrophäen aufhängen sollte. Die beiden besaßen ein kleines Häuschen am Waldesrand. Doch Lucy reichte das nicht. Sie wollte mehr. Aber Jonnys Gehalt als Förster reichte einfach nicht, um ein besseres Leben finanzieren zu können. Eines Tages drängte sie Jonny, wenigstens eine hohe Lebensversicherung abzuschließen. Weil Jonny seine Lucy sehr liebte, tat er es. Er schloss eine Lebensversicherung, in Höhe von 250.000 Dollar ab. Allerdings würde diese Versicherung an den Ehepartner ausbezahlt werden, der den anderen überlebte. Lucy reichte das jedoch nicht, wollte den Vertrag zu ihren Gunsten ändern. Doch davon sagte sie Jonny nichts. Sie ließ ihn in dem Glauben, dass sie ihn liebte. Irgendwann, so hoffte sie, käme noch einmal ihre große Chance. In einer stürmischen Septembernacht lag Jonny lange wach. Es ließ ihm keine Ruhe, dass er seine Frau nicht glücklich machen konnte. So gern hätte er ihr ein größeres Haus und ein teureres Auto gekauft. Aber das Geld reichte einfach nicht. Was sollte er nur tun? Er stand auf und ging hinaus in den Garten. Die kühle Nachtluft wehte ihm um die Nase und er schaute sehnsuchtsvoll und traurig hinauf in die Sterne. Plötzlich glaubte er, irgendjemand stünde hinter ihm. Er drehte sich um und erschrak fürchterlich. Auf der Wiese hinter ihm stand eine Gestalt, die mit einem langen schwarzen Gewand bekleidet war. Zuerst dachte er, Lucy, die immer zu irgendwelchen Scherzen aufgelegt war, würde ihm diesen Streich spielen. Doch als er laut lachend rief: „Du kannst den Mantel ruhig ausziehen, Lucy", antwortete ihm keiner. Die Gestalt stand einfach nur da und schwieg. Jonny schaute sich um, doch wer außer Lucy sollte es sonst sein? Plötzlich begann die Gestalt zu sprechen und Jonny wurde klar, dass es nicht Lucy war, der da sprach: „Du hast Sorgen und brauchst mehr Geld? Ich kann es Dir geben. Du brauchst nichts zu tun. Gehe morgen Abend in den Wald zum alten Hochsitz. Ich werde da sein und einen kleinen Tausch vollziehen. Nach diesem Tausch bekommst Du 500.000 Dollar. Du brauchst nur etwas zu unterschreiben." Jonny glaubte, seinen Ohren nicht zu trauen. 500.000 Dollar, so viel Geld hatte er noch niemals auf einem Haufen gesehen. Und alles nur für eine lächerliche Unterschrift? Wer war dieser geheimnisvolle Unbekannte? Und wieso sollte er zum alten Hochsitz kommen? Welchen Tausch meinte der Fremde nur? Da Jonny jedoch unendlich viel daran lag, seine Lucy glücklich zu machen, willigte er ein. Der Fremde zog eine Papierrolle aus seinem schwarzen Gewand und hielt sie Jonny vor die Nase. Er sollte sie mit seinem Blut unterzeichnen und morgen mit zum Hochsitz bringen. Jonny ahnte, dass der Fremde irgendetwas mit dem Teufel zu tun haben musste. War er es etwa am Ende selbst? Ihm lief ein eisiger Schauer über den Rücken. Doch er nahm die Papierrolle an sich und der Fremde verschwand. Jonny wollte ihn noch etwas fragen, doch er konnte ihn nirgends mehr entdecken. Nachdenklich ging er zurück ins Haus. Lucy schien nichts von Jonnys Gespräch im Garten bemerkt zu haben. Der legte sich zurück ins Bett und konnte nicht mehr einschlafen. Bis zum nächsten Morgen lag er wach. Als die beiden am folgenden Tag beim Frühstück in der Küche saßen, holte Jonny die vermeintliche Papierrolle. Er meinte, dass er einen Vertrag mit einem Fremden unterzeichnen müsste. Es ginge um sehr viel Geld und er müsste nur mit seinem eigenen Blut unterzeichnen. Lucy schien das nicht zu interessieren. Sie hörte nur die hohe Summe, um die es ging und meinte kühl, dass er es unbedingt unterzeichnen sollte. Dann stand sie auf und verließ zickig den Raum. Jonny nahm die Papierrolle und las den Vertrag noch einmal durch. Doch da stand nichts von einem Tausch. Irgendwie fühlte er sich nicht wohl bei dem Gedanken, einem Tausch, von dem er nicht einmal etwas Genaueres erfuhr, durch seine Unterschrift zuzustimmen. Den ganzen Tag überlegte er, ob er sich auf diesen Kuhhandel einlassen sollte oder nicht. Am Abend wusste er es, er wollte die Papierrolle mitnehmen und sie dem Fremden zurückgeben. Allerdings *ohne* seine Unterschrift. Als er Lucy von seinem Entschluss erzählte, wurde sie sehr böse und beschimpfte ihn fürchterlich. Da sie gerade einen Salat zubereitete, entglitt ihr vor Empörung das Messer, mit welchem sie den Salat schnitt. Zusammen mit der Papierrolle fiel es herunter. Als sie alles aufheben wollte, schnitt sie sich in den Finger. Es blutete fürchterlich. Jonny holte schnell ein Pflaster und klebte es Lucy auf die Wunde. Dann griff er gedankenlos nach der Papierrolle und ging in den Wald. Am alten Hochsitz setzte er sich auf einen Baumstumpf und wartete. Lange saß er da, doch der Fremde kam nicht. Als er schließlich wieder gehen wollte, setzte wieder dieser seltsame kühle Wind ein, welcher ihm schon gestern auf der Wiese hinterm Haus aufgefallen war. Und plötzlich stand der Fremde in seinem schwarzen Gewand bedrohlich vor Jonny und verlangte die Papierrolle zurück. Jonny meinte, dass er sich anders entschieden hatte und nicht unterschreiben wollte. Er reichte dem Fremden die Rolle und der begann plötzlich laut zu lachen. Er lachte derart schrill, dass es Jonny himmelangst wurde. So schnell er konnte rannte er nach Hause zurück. Dort wollte er Lucy erzählen, dass der Fremde die Rolle anstandslos zurückgenommen hatte. Doch als er zu Hause ankam, war Lucy nicht da. Er suchte das ganze Haus ab, fand sie jedoch nicht. Als er ins Schlafzimmer schaute, fand er einen großen Bogen Papier auf dem Bett. Jonny wunderte sich – was hatte das alles zu bedeuten? War Lucy heimlich abgereist? Hatte sie das Leben an seiner Seite endgültig satt? Er nahm den Bogen und las: „Mit dieser Unterschrift bist Du einverstanden, dass ich Deine Seele im Tausch mit den 500.000 Dollar zu mir hole. Aber es muss mit echtem Blut unterschrieben sein. Dann bekommst Du auch das Geld." Jonny erkannte das Papier, es war die Papierrolle, welche er unterzeichnen sollte. Aber er hatte sie doch nicht unterschrieben und dem Fremden einfach nur zurückgegeben. Unter dem Text entdeckte er drei dicke Blutstropfen. Plötzlich fiel ihm alles wieder ein. Er erinnerte sich, dass sich Lucy geschnitten hatte und ihr das Messer zusammen mit der Papierrolle heruntergefallen war. Dabei musste unmerklich ihr Blut auf den Vertrag getropft sein. Ihr Blut galt nun als Unterschrift. Jonny war am Boden zerstört. Er hätte doch daran denken müssen, dass nun Lucy der Vertragspartner war. Jonny konnte seine Trauer kaum noch ertragen. Aber er hatte keine Schuld an dem Versehen. Vielmehr war es Lucys Gier nach noch mehr Geld, die sie nun selbst büßen ließ. Jonny wollte den Fremden nie mehr treffen und das Geld, welches das Geld des Teufels war, niemals entgegennehmen. Doch eines Abends entdeckte er ein Päckchen, welches ohne Absender vor der Haustür lag. Er wusste sofort, dass es das Geld vom Teufel war. Er nahm es und verbrannte es auf dem Misthaufen im Garten. In einer grellen Stichflamme verbrannte es in Sekundenschnelle. Aber woher sollte er nun das Geld für Lucys Grabstein nehmen? Schließlich war sie seine Frau und er hatte sie sehr geliebt. Auch, wenn sie nicht mehr da war, brauchte er doch einen Ort, wo er um sie trauern konnte. Da kam eines Tages ein Brief von seiner Versicherung. Sie teilte ihm mit, dass ihm 500.000 Dollar ausgezahlt würden. Denn Lucy hatte heimlich die Urkunde ändern lassen. Insgeheim hatte sie schon geplant, Jonny irgendwann mit seinem eigenen Jagdgewehr umzubringen. Sie wollte es wie ein Jagdunfall aussehen lassen. Denn ihre Gier nach Geld war so groß, dass sie vor nichts mehr zurückschreckte. Da sie annahm, auf diesem Wege Jonny zu überleben, hatte sie die Summe verdoppeln lassen, die dann an denjenigen ausgezahlt würde, der den anderen überlebte. Am Ende aber kam ihr jemand in die Quere, der noch gerissener war als sie, der Teufel!

TEUFELSASCHE

Es war der rätselhafte Tod des Lords Claudius von Hampshire, der die Leute in der kleinen irischen Ortschaft in Unruhe versetzte. Der Lord, der in einem uralten verfallenen Castle lebte, soll an seinem Todestag mit letzter Kraft geröchelt haben: „Der Teufel wird Euch alle holen." Nur seine einzige Zofe Mrs. Carter war im Zimmer anwesend, und man wunderte sich, dass dieser letzte Satz des Lords bis zum See unterhalb des Castles gehört werden konnte. Als schließlich die Leiche des Lords im nahe gelegenen Krematorium eingeäschert wurde, fand man dummerweise die Asche nicht mehr. So musste man die Aschereste des vorher verbrannten Leichnams nehmen, um die Urne zu befüllen. Allerdings durfte das niemals herauskommen. Die Mitarbeiter des Krematoriums wurden beauftragt, bis zur Klärung des sonderbaren Vorfalles Stillschweigen zu bewahren. Als die Urne schließlich in der Erde verschwand, zog ein schweres Gewitter auf und die ungewöhnlich grellen Blitze fuhren wie scharfe Schwerter auf die anwesenden Trauergäste nieder. Glücklicherweise konnten sich alle zehn Trauergäste in das naheliegende Friedhofsgebäude retten. Doch das alte Gemäuer knackte und rumorte bedenklich, als der Sturm wie die böse Hand des Todesengels um die Ecken fuhr. Die Trauergäste bekamen es schließlich mit der Angst zu tun und rannten panisch zu ihren Autos, um Sekunden später in alle Richtungen davon zu brausen. Und auch bei diesem überhasteten Aufbruch blieben alle unverletzt. Jedoch ließ sich seit jenem trüben Tage niemand mehr auf Hampshire Castle blicken. Nur die alte Mrs. Carter kümmerte sich noch rührend um das uralte Anwesen. Manchmal jedoch glaubte sie, die Stimme ihres Herrn zu hören. Doch wenn sie dann im Schlafzimmer des Lords nachschaute, war da niemand zu sehen. Ebenso wenig wie im restlichen Haus. Irgendwann hatte man die Ermittlungen bezüglich der auf rätselhafte Weise verschwundenen Asche des Lords eingestellt. Man konnte einfach nicht mehr herausfinden, woran es wirklich gelegen hatte und so wuchs allmählich Gras über diese peinliche Sache. Mrs. Carter hingegen fühlte sich immer schlechter und eines Abends hatte sie das Gefühl, das alte Castle nicht mehr bewirtschaften zu können. Sie wollte in eine kleine Wohnung in der Stadt ziehen, doch der Gedanke, alles auf Hampshire Castle zurück zu lassen, ließ sie sehr traurig werden. Sie weinte bitterlich und konnte sich einfach nicht mehr beruhigen. Da fuhr ein heftiger Luftzug durch das offen stehende Fenster der Galerie, in welcher sie allabendlich vorm Kamin saß. Erschrocken fuhr sie herum und glaubte ihren Augen nicht mehr zu trauen. Auf dem alten Teppich, inmitten des Raumes schwebte eine grauenvoll entstellte Person! Ihre Kleider hingen ihr in Fetzen vom Leibe, und das fahle hohlwangige Gesicht war blutverschmiert und übel vernarbt. Mrs. Carter glaubte schon, in

Ohnmacht zu fallen, da hob der Geist zu sprechen an: „Nein, nicht erschrecken, ich muss mit Dir reden. Du musst mich retten. Meine Seele ist gefangen. Sie kann nicht zu Gott gehen, sondern wird, wenn drei Nächte vergangen sind, vom Teufel geholt, wenn Du nicht doch noch meine Asche findest! Bitte rette mich, suche meine Asche!" Kaum hatte der Geist das gesprochen, verschwand er auch schon wieder, löste sich einfach in Luft auf. Ein eiskalter Hauch umfächelte die zu Tode erschrockene Mrs. Carter und bildete dicke lange Eiszapfen an der Decke. Bedrohlich stachen sie von den Stuckverzierungen herab und Mrs. Carter fiel besinnungslos der Länge nach auf den Teppich vorm Kamin. Im Traum sah sie Lord Hampshire und plötzlich wusste sie, dass es der Lord sein war, der ihr eben erschienen war. Besser gesagt, es war dessen Geist, der wohl einfach keine Ruhe fand, weil seine Asche nicht mehr auffindbar war. Sie hatte ihn einfach nicht erkannt, weil er so grausig entstellt war. Auch seine Stimme war anders als früher. Doch noch rätselhafter war das, was er gesagt hatte. Wie sollte sie nur seine Asche wiederfinden, wenn man bereits im Krematorium nichts mehr gefunden hatte? Gegen Mitternacht kam sie endlich wieder zu sich und erhob sich stöhnend vom Boden. Das Feuer im Kamin war längst erloschen, und nur die Fenster waren noch geöffnet. Ein wenig ängstlich und frierend schloss sie die Fensterflügel. Ungläubig schaute sie sich um. Hatte sie das alles vielleicht doch nur geträumt?

Aber es war doch alles so entsetzlich real. Offenbar war die Seele des Lords noch immer in diesem Castle gefangen, deswegen sah er wohl auch so furchtbar entstellt aus. Es war ihm verwehrt, zu Gott zu gehen und irrte wohl jede Nacht durch sein Castle. Fest stand, dass die Asche dringend und möglichst sofort wiedergefunden werden musste. Nur so würde der Lord seine letzte Ruhe wiederfinden. In dieser Nacht war es jedoch nicht mehr möglich. Sie war einfach zu müde und abgespannt, um auf die Suche zu gehen. Langsam und traurig schlich sie ins Obergeschoss, wo sich ihr kleines Zimmer befand. Wie viele Jahre war sie diese alten hölzernen und laut knarrenden Stufen schon nach oben gestiegen? Wie oft hatte sie dem Lord den Fünf-Uhr-Tee gebracht. Sie war es ihm schuldig, sie musste die Asche finden! Schon morgen musste sie mit der Suche beginnen. Total erschöpft und hundemüde legte sie sich ins Bett und schlief sofort ein.

Am nächsten Morgen stand sie schon recht zeitig auf und bereitete sich einen starken Kaffee zu. Die letzte Nacht, ihr Ohnmachtsanfall hatte sie sehr mitgenommen. Wo sollte sie mit den Recherchen beginnen? Vielleicht sollte sie zuerst im Keller nach dem Rechten sehen? Möglicherweise gab es ja dort einen Anhaltspunkt auf den Verbleib der Asche. Mit ihrer Taschenlampe bewaffnet begab sie sich zur Kellertür. Sie quietschte laut und schien wohl seit langer Zeit nicht mehr bewegt worden zu sein. Während sie so vor der Tür stand, bemerkte sie einen eiskalten Hauch, der um sie herum fächelte. Es war wie am vergangenen Abend, als der gruselige Geist des Lords vor ihr schwebte. Auch da spürte sie diese eisige Kälte um sich herum. Hinter der Tür führte eine schmale steinerne Treppe in die Tiefe. Es roch muffig und es war feucht und kalt. Vorsichtig stieg sie Schritt für Schritt nach unten. In der Düsternis vernahm sie ein Geräusch – es hörte sich an, als ob jemand atmete, immer ein und aus, in ruhigem Wechsel. Sie zögerte, sollte sie wirklich weitergehen? Sie musste es, denn nur so könnte sie vielleicht etwas herausfinden, was wichtig für die Rettung der Seele von Lord Hampshire war. Immer weiter schritt sie nach unten. Gleichzeitig wurde auch das mysteriöse Atmen immer lauter und intensiver. Schließlich war sie unten im Keller angekommen und das Atmen war hier so laut, dass sie sich ängstlich die Ohren zuhielt. Eigentlich wäre sie voller Panik nach oben gerannt, doch in dieser Situation? Sie konnte, nein, sie durfte den Lord auch nach dessen Tode unter gar keinen Umständen im Stich lassen! Und so schlürfte sie langsam den feuchten Kellergang entlang. Plötzlich stand sie vor einer schwarzen Mauer. Wieso ging es hier nicht mehr weiter. Sollte der Gang wirklich im Nichts enden? Auf dem Fußboden lag etwas. Vorsichtig hob sie es auf, es war ein Papierfetzen. Mit der Taschenlampe leuchtete sie auf das Papier und entzifferte einen einzigen, beinahe unleserlichen Satz, der mit roter Tinte geschrieben war: „Hiermit vermache ich meine Asche dem

Teufel!" Mrs. Carter traf beinahe der Schlag! Zitternd hielt sie den Papierfetzen an ihr Herz und japste nach Luft! Sollte ihr Herr, der Lord wahrhaftig seine Asche, die man so vergeblich gesucht hatte, dem Allmächtigen vermacht haben? Aber warum? Was hatte ihn dazu veranlasst? Mrs. Carter röchelte und hielt sich an der kalten Mauer fest. Hatte etwa der Teufel am Tag der Einäscherung von Lord Hampshires Leiche die Asche mit sich fortgenommen? Aber dann konnte sie ja auch nichts mehr tun. Niemals würde sie dem Teufel diese Asche wieder abjagen können. Und wo sollte sie den Teufel überhaupt suchen? In die Hölle wollte sie unter gar keinen Umständen. Als sie wieder ausreichend Luft bekam, machte sie sich auf den Rückweg. Die Treppe führte steil nach oben und nur mit allergrößter Anstrengung schaffte sie es schließlich, Stück für Stück die Treppe nach oben zu steigen. Stöhnend erreichte sie das Erdgeschoss des Castles und knallte die Kellertür lautstark hinter sich zu. Immer wieder starrte sie auf den Papierfetzen und wusste einfach nicht mehr weiter. Da erschien erneut der Lord vor ihr. Mit zerfetzten Kleidern und mit blutverschmierten fahlem Gesicht schwebte er vor ihr und weinte. Mit stockender Stimme wimmerte er: „Geh um Mitternacht zum Friedhof. Dort wird der Teufel auf Dich warten. Doch gib ihm nicht das Papier, welches Du im Keller fandst, sonst bist Du verloren. Verlange meine Asche und halte dabei Dein Kreuz, welches Du um den Hals gebunden hast, über das Papier. Wenn Du die Asche hast, fliehe so schnell Du kannst!" Mrs. Carter lief so schnell sie konnte zum Friedhof. Er war nicht weit entfernt und pünktlich um Mitternacht traf sie am Grab des Lords ein. Dort wartete sie, bis die kleine Uhr über der Kapelle zur Mitternacht schlug. Plötzlich fuhr ein eiskalter Wind zwischen den Gräbern einher und dann zischte und knackte es laut. Ein heftiges Gewitter zog auf! Es war beinahe noch heftiger als jenes bei der Beisetzung des Lords. Hagel peitschte wie Milliarden von Giftpfeilen vom nachtschwarzen Himmel und der Donner ließ sämtliche Scheiben in der Kapelle gefährlich vibrieren. Ein rötliches Licht flackerte über dem Grabstein des Lords hell auf und alsbald schwebte, begleitet von gelblichem Schwefeldampf eine grässliche knochige Gestalt mit rot leuchtenden Augen über allem Geschehen. Mrs. Carter spürte wie ihr die Luft knapp wurde und ihr zitterten entsetzlich die Knie. Doch sie nahm alle Kraft zusammen und tastete nach ihrem eisernen Kreuz, welches sie an einer schwarzen Kordelkette um den Hals trug. Sie hielt es ganz fest und ließ es nicht mehr los. Auch den Papierfetzen hielt sie fest in ihrer Jackentasche. Der Teufel lachte schrill auf und schrie sogleich: „Ha, Du dummes Weib! Willst Du mir endlich die Papierurkunde Deines Herrn herbringen? So ists recht! Dann werfe sie mir sofort zu, sonst nehme ich Dich mit!" Mrs. Carter wollte vor lauter Angst dem Teufel schon gehorchen, denn seine laute scharfe Stimme, sein bedrohliches Auftreten, alles ließ sie einfach nur panisch werden. Doch dann dachte sie an den armen Geist ihres Herrn. Er hatte sie gewarnt, das Papier unter keinen Umständen dem Teufel zu geben. Und so presste sie ihre Hand noch fester auf die Jackentasche, in welchem sich das Papier befand. Dann nahm sie allen Mut zusammen und brüllte dem Teufel entgegen, dass sie das Papier niemals herausgeben würde. Erst wollte sie die Asche des Lords, dann könnte der Teufel auch das Papier haben. Der Teufel, der sich nun noch bedrohlicher vor der kleinen hutzeligen Mrs. Carter aufbäumte, schien siegessicher und absolut überzeugt von seinem grausigen Handeln. Und so fuchtelte er mit seinen spitzen Hufen vor Mrs. Carters Gesicht herum und hielt ihr eine große glitzernde Urne unter die Augen. Die gottesfürchtige, bisher immer ehrliche Zofe wollte schon zugreifen, da kam ihr ein seltsamer Gedanke. Vor Jahren hatte ihr ein fliegender Händler einen Korb Äpfel verkaufen wollen. Doch die Äpfel waren nur mindere Qualität und sie nahm den Korb nicht. Daraufhin war der Händler schimpfend davongefahren. Wie sie Tage später erfuhr, hatte der Genauer die verdorbenen Äpfel einer Lady in der Stadt verhökert. Diese wurde krank und musste ins Krankenhaus. Nur mit viel Glück überlebte sie und wurde wieder gesund. Hatte vielleicht der Teufel ähnliches vor? Zum Schein willigte sie ein, grinste den Teufel kess an und griff nach der Urne, Doch kaum hatte sie diese in ihren Händen, warf sie die Asche dem

Teufel entgegen. Stiebend flog die falsche Asche dem Teufel in die Augen, und der konnte für einen kurzen Moment nichts mehr sehen, weil es wertloser Staub aus der Hölle war. Mrs. Carter entdeckte ein hölzernes Gefäß, dass der Teufel unterm Arme verbarg. Das musste die richtige Urne sein! Schnell entriss sie dem überraschten Unhold das Gefäß und hielt im gleichen Augenblick ihr eisernes Kreuz dem tobenden Satan unter die Augen. Der schrie und brüllte, dass die Kapelle des Friedhofes beinahe zum Einsturz kam: „Du elendes verfluchtes Weib! Hinweg mit Dir! Du bist eine alte Hexe! Ich werde Dich verfluchen!" Doch all sein böses Gefluche beeindruckte Mrs. Carter nicht mehr. Sie wusste, dass sie nun die rechte Urne mit der echten Asche des Lords in den Händen hielt und sie gab sie nicht mehr her. Sie hielt ihr Kreuz hoch in die Luft und dem Teufel blieb nichts weiter übrig, als unter lauten Getöse zu Asche zu zerfallen. Mehr noch, seine Asche flog in das glitzernde Gefäß, dessen Deckel Mrs. Carter schleunigst verschloss und fest draufdrückte. Plötzlich zischte es erneut und wieder schwebte jemand vor der verdutzten Lady auf und ab! Diesmal jedoch war es der Geist des Lords, der allerdings gar nicht mehr so schlimm und blutverschmiert war wie ehedem. Er sah aus, als sei er gerade erst friedlich eingeschlafen. Doch er lächelte und Mrs. Carter musste weinen. Dann sagte der Lord ganz leise: „Danke, dass Du meine Asche zurückgeholt hast. Jetzt kannst Du sie in meinem Grab versenken und ich bin für immer erlöst. Ich kann nun zu Gott gehen; der Herr sei mit Dir." Mrs. Carter tat alles so, wie ihr der Lord geheißen hatte und beerdigte die Urne mit der echten Asche des Lords in dessen Grab. Die andere Urne, in welcher sich die Teufelsasche befand, warf sie in ein Feuer, welches sie im Garten des alten Castles entfachte. Laut zischend und tosend zerstob die Urne und die Asche in ihr. Der Fluch war beseitigt und der Teufel schien besiegt. Zufrieden lief Mrs. Carter ins Haus zurück und legte sich schlafen. Draußen in der Dunkelheit verlosch das Höllenfeuer und nur eine gelblich leuchtende Schwefelwolke blieb übrig. Sie flog lautlos über die Gräber des Friedhofes hinweg und verfing sich schließlich in der Erde des Grabes von Lord Hampshire. Als die Wolke entschwunden war, blieb ein Häufchen gelber Asche auf dem Grabhügel zurück. Und es war ganz seltsam, den Friedhofsgärtnern war es einfach nicht möglich, diese sonderbare Asche vom Grab wegzubringen. Denn kaum hatten sie die Asche in ihre Schubkarre geschaufelt, da fuhr sie wie eine Windhose aufs Grab zurück und eine scharfe röchelnde Stimme flüsterte wutentbrannt die düsteren Worte: „Niemals wirst Du mich besiegen, niemals!"

GRENZE

Es war ein kühler hässlicher Herbstabend. Es regnete in Strömen und ich wollte eine Abkürzung zurück in die Stadt fahren. Doch ich verfuhr mich und landete auf einem seichten Feldweg. Weil ich nicht wenden konnte, half es nichts, ich musste einfach weiterfahren! Zum Anhalten erschien mir die Gegend zu unwirklich. Es dämmerte und ich schaltete die Scheinwerfer meines Wagens ein. Die Lichtkegel bohrten sich durch den Nebel und verloren sich auf den Steinen des Weges. Plötzlich bewegte sich irgendetwas vor meinem Fahrzeug. Ich trat auf die Bremse, doch der Wagen rutschte auf dem Morast weiter nach vorn. Als er endlich stehenblieb, schaltete ich das Fernlicht ein. Auf dem Weg, mitten im Morast lag eine Person. Ich wollte aussteigen, doch in diesem Moment schossen mir Schauergeschichten von Überfällen mitten auf der Landstraße durch den Sinn. Wieder und wieder starrte ich auf die Person. Regungslos lag sie da und ich konnte beim besten Willen keine bösartigen Helfershelfer entdecken. Vorsichtig öffnete ich die Wagentür und setzte einen Fuß hinaus. Augenblicklich versank er im Morast. „Auch das noch", schimpfte ich vor mich hin. Schließlich stieg ich doch aus und lief zu der Person, es war ein Mann um die Vierzig! Er war mit einem schwarzen Dress bekleidet und trug ein pulsierendes kleines Gerät an seinem Handgelenk. Ich rüttelte ihn an der Schulter und schaute mich dabei skeptisch nach allen Seiten um. Was, wenn doch jemand aus den Büschen hervorsprang? Doch es kam keiner. Der Fremde atmete noch und obwohl meine gesamte Kleidung bereits schmutzig war, versuchte ich, den Mann aufzurichten. Langsam schienen die Lebensgeister in ihn zurück zu kehren. Er bewegte sich und öffnete die Augen. Irritiert starrte er mich an! „Wo bin ich, wo ist Amanda", murmelte er vor sich hin. Ich half ihm auf und stützte ihn, während wir zum Wagen liefen. „Na Gott sei Dank, Sie leben", rief ich erleichtert. „Dachte schon, Sie hätten sich absichtlich hierhin gelegt." Der Fremde schien vollkommen verwirrt zu sein. Doch ich konnte keinerlei Verletzung an ihm entdecken. Ich fragte ihn, ob ihm etwas wehtäte oder es ihm nicht gut ginge. Doch er schüttelte seinen Kopf und sprach andauernd von dieser ominösen Amanda. Als er meinen Wagen sah, lachte er plötzlich laut. Ich konnte mir diesen plötzlichen Gefühlsausbruch nicht erklären und fragte ihn, warum er so lachte. Er meinte, dass ich ihm kein Theater vorspielen bräuchte, nur weil Amanda nicht käme. Ich verstand beim besten Willen nicht, was mit ihm los war, schob sein merkwürdiges Verhalten auf einen Schock. Eigentlich wollte ich erst einmal eine Decke auf den Autositz legen, doch ich hatte keine Hand frei. So blieb mir nichts weiter übrig, als ihn umständlich und so schmutzig wie er war, auf meinen sauberen Autositz zu verfrachten. Als er endlich im Wagen saß, versuchte ich, den

Schmutz von meiner Kleidung zu putzen und setzte mich ebenfalls in den Wagen. Unterdessen erholte sich der Fremde mehr und mehr. Als er sich aufrappelte und aus der Windschutzscheibe schaute, lachte er erneut und fragte dann: „Sagen Sie mal, aus welchem Jahrhundert ist denn dieses Vehikel?" Mürrisch verzog ich mein Gesicht. Eigentlich hatte ich ja mit einem freundlichen „Dankeschön" gerechnet. Aber mit solch einer Frage. „Es tut mir leid, wenn ich Ihnen keine Luxuskarosse bieten kann, junger Mann", entgegnete ich unwirsch. Dann startete ich den Wagen und fuhr weiter durch den schmierigen Morast. Nach einer endlos scheinenden Irrfahrt über den Feldweg erreichten wir endlich die Straße. Der Fremde schaute interessiert auf die leuchtenden Instrumente des Fahrzeuges. Es sah bald so aus, als habe er noch nie in einem Auto gesessen. „Das ist schon interessant", meinte er dann, „warum fahren Sie denn noch solch ein uraltes Ding? Lieben Sie Antiquitäten? Sie dürfen sich nicht erwischen lassen. Denn Sie wissen doch, dass auf das öffentliche Fahren von antiquierten Fahrzeugen eine Strafe steht." Mir reichte es so langsam mit diesem albernen Kerl. Was bildete er sich überhaupt ein? Ich wollte ihm gerade anbieten auszusteigen, da bemerkte ich seinen ernsthaften Blick. Ich hielt den Wagen an und fragte ihn, wie er zu dieser Aussage käme. Der Fremde starrte mich an und antwortete mit einer Gegenfrage: „Sag mal, ist das etwa alles echt hier?" Ich nickte ungläubig. „Welches Jahr haben wir denn", fragte er noch. „Natürlich 2007", bemerkte ich kopfschüttelnd. Der Fremde erschrak, tat so, als hätte ich etwas Furchtbares zu ihm gesagt. Dann meinte er nur, dass ich nicht scherzen sollte. Als er bemerkte, dass ich es ernst meinte, sagte er mit zittriger Stimme, dass er im Jahre 2159 lebte. Ich konnte es nicht glauben und brauchte erst einmal Luft. Ich riss die Autotür auf und atmete tief ein. Dem Fremden schien es ebenso zu gehen. Er stieg aus und lehnte sich ans Fahrzeug. „Ich wollte zu Amanda", sagte er dann, „Amanda ist meine Freundin. Wir waren vor Schleuse 44 verabredet. Doch sie kam nicht. Vermutlich hat sie einen anderen!" Ich erkundigte mich neugierig, was Schleuse 44 sei. Der Fremde sagte, dass es überall Schleusen gäbe. Durch diese Schleusen gelangte man mit so genannten Mobiltransportern zu jedem gewünschten Ziel auf der Erde und auf jedem Planeten des Sonnensystems. Ich hielt mir die Hand auf die Stirn, hatte so etwas wahrlich noch nie gehört. Natürlich wollte ich noch eine Menge mehr von ihm wissen. Auch, welche Transportmittel man sonst noch benutzte. Der Fremde lachte und sagte laut: „Na so was wie Sie hier fahren jedenfalls nicht!" Er erklärte mir, dass jeder solch einen Mobiltransporter besäße. Das seien kleine Kabinen, die aus einem bestimmten Kunststoff bestünden und das Schwerefeld der Erde überwinden konnten. Alle Mobiltransporter glitten lautlos und in rasender Geschwindigkeit durch die Luft und konnten in Minutenschnelle jeden

Punkt auf der Erde erreichen. Bei diesen Worten drückte er auf dem Gerät herum, welches an seinem Handgelenk befestigt war. Augenblicklich erschien ein riesiges Hologramm. In seinem Inneren drehte sich eine große Stadt. Irgendwie kam sie mir bekannt vor. Es war meine Stadt, vermutlich im Jahre 2159! Über der Stadt erschienen die Worte: „Verbindung nicht möglich!" Offenbar konnte der Fremde nicht mit dieser Stadt in Verbindung treten. Mir fiel ein, dass ich mich noch gar nicht bei dem Fremden vorgestellt hatte. „Übrigens, mein Name ist Tom", rief ich laut. Der Fremde schaute mich an und entgegnete dann, dass er Moor hieße. Ich fand diesen Namen irgendwie seltsam, wie alles, was er mir erzählte. Doch ich zeigte es ihm nicht. Lange unterhielten wir uns und Moor berichtete mir von großen Zielen, die sich die Menschheit in der Zukunft gestellt hätte. Und er erzählte mir von Amanda, einer wunderschönen jungen Frau, die er so sehr liebte. Er hatte sie in einem Institut auf dem Jupitermond IO kennengelernt. Zusammen wollten sie in die Ferien in die Marsstadt URVUS reisen, um endlich einmal richtig auszuspannen und sich dutzende Hologramme anzuschauen. Da passierte der Unfall. An Schleuse 44, wo sie sich treffen wollten, gab es eine Überspannung im Raum-Zeit-Gefüge. Moor wurde ohnmächtig und ich fand ihn schließlich auf dem Feldweg. Ich erzählte ihm auch von meinem Leben, von meinen Schwierigkeiten und Problemen in der Firma und das ich mich mit Ella, meiner Frau so langsam auseinanderlebte. Und irgendwie schien es, als ob im Jahre 2159 die Probleme nicht viel anders sein würden. Sie fanden nur in anderen Zeiten statt. Aber sonst. Moor meinte, dass man immer wissen müsste, was man wollte. Auch in der Zukunft, in seiner Welt, wäre das nicht anders. Und gerade da, in dieser so vielschichtigen Welt musste man aufpassen, dass man sich nicht verzettelte. Denn man war auch dort für sich selbst verantwortlich. Moor hatte auch kein Erfolgsrezept für meinen Ärger. Aber er gab mir einen guten Rat: „Wenn Du nicht mehr weiterweißt, fahr hinaus und schau in die Sterne. Dann wirst Du wissen, was richtig ist." Ich bewunderte ihn, seine Zielstrebigkeit und seine Sicherheit. Er war so unbekümmert und musste sich doch in so vielen Welten zurechtfinden. Gern wäre auch ich so, in meiner Welt. Vielleicht war alles gar nicht so schwer. Das Leben, das Zusammenleben mit Ella. Vielleicht sollten wir uns alle etwas mehr Zeit zum Leben nehmen? Ich hätte sehr gern weiter mit Moor gesprochen, als es plötzlich einen lauten Knall gab. Es war beinahe so, als würde ein Düsenjäger durch die Wolken jagen. Moor schaute plötzlich auf und zeigte dann zum Feld hinüber. „Da siehst Du", rief er laut. Ich schaute ebenfalls zum Feld und sah, wie sich eine hell aufblitzende grüne Linie übers Feld zog. Was war das? Moor nahm mir die Frage ab und sagte: „Das ist Schleuse 44. Die Grenze zu meiner Welt. Ich muss los. Denn ich glaube, dass ich bereits gesucht wurde von unseren Leuten. Vielleicht sogar von Amanda. Sicher wird diese Grenze nicht lange existent bleiben. Also dann, leb wohl Tom. Und alles Gute. Und denk immer daran – immer wissen, was man will!" Dabei zwinkerte er mir aufmunternd zu. Ich schaute ihn an. Er lächelte und schien zu wissen, dass wir uns wohl nie wiedersehen würden. Wir liefen zu der grünen Linie aufs Feld und blieb in sicherer Entfernung zur Linie stehen. Moor jedoch schritt langsam auf den seltsamen Streifen im Feld zu. Ich hatte Tränen in den Augen, war mir die Bekanntschaft mit ihm doch so angenehm. Die Bekanntschaft mit einem Mann aus einer anderen Zeit. Ein letztes Mal drehte er sich zu mir um und winkte kurz. Dann schritt er über die Linie und verschwand. Noch sehr lange starrte ich auf das weite Feld. Aber weder die Linie noch Moor waren zu sehen. Es war, als sei er niemals hier gewesen. Aber ich wusste nun, dass es ihn gab. Und ich wusste, dass es eine Zukunft für uns alle gab. Ich erkannte aber auch, dass es an uns liegt, diese Zukunft zu erreichen. Es liegt an uns allen, friedlich miteinander umzugehen. Nur so werden wir diese Zukunft erreichen. Moor war das beste Beispiel für mich. Mir wurde kalt und ich hatte das dringende Bedürfnis, nach Hause zu fahren, um endlich ins Bett zu gehen. Ella schlief sicher schon lange, oder? Ich kramte in meiner Hosentasche nach dem Handy. Doch ich fand es nicht. Vermutlich hatte ich es in der Firma liegen lassen. Trotzdem nahm ich mir vor, am nächsten Morgen noch einmal mit Ella über alles zu reden.

Nachdenklich stieg ich in meinen Wagen und wollte losfahren. Da entdeckte ich auf dem Sitz neben mir das merkwürdige Gerät, welches Moor an seinem Handgelenk hatte. Ich nahm es an mich und schaute lächelnd zum Himmel. Vielleicht hatte er es absichtlich zurückgelassen. Ich wusste es nicht. Ich bewahrte es zu Hause auf und immer, wenn ich nicht mehr weiterwusste, holte ich es und versuchte, eine Verbindung herzustellen, die Verbindung in eine andere Welt. Und dabei glaubte ich jedes Mal, Moors Stimme zu hören, der zu mir sagte: „Du musst immer wissen, was Du willst!"

DAS KREUZ

Strömender Regen durchnässte das einsam gelegene Feld. Wie jeden Abend fuhr ich mit meinem Wagen genau an diesem Feld vorbei. Doch ich fühlte mich schlecht. Im Job lief nicht alles so, wie ich es mir dachte. Mein Chef offerierte mir, dass er an meiner Stelle einen jüngeren Kollegen einsetzen wollte. Meine Arbeitskraft wurde ab sofort nicht mehr benötigt. Ich brauchte also dringend eine Erleuchtung. Die fand ich meistens draußen in der Natur. Und so seltsam das sein mochte, aber die besten Ideen kamen mir bei schlechtem Wetter. Ich hielt den Wagen an und hörte plötzlich das Trommeln des Regens auf dem Autodach. Sollte wirklich alles, was ich mir aufgebaut hatte, mit einer profanen Entlassung zu Ende sein? Ein paar leere Worte des Chefs und ich fühlte mich wie der allerletzte Dreck! Ein paar Worte nur und alles wurde anders! Kopfschüttelnd stieg ich aus und lehnte mich an die Wagentür. Im Nu hatte mich der Regen vollkommen durchnässt. Was tat man eigentlich in solch sinnlosen Situationen? Heulen, schreien? Ich stand im strömenden Regen und spürte, wie das kühle Wasser über meinen Rücken rann. Überhaupt fühlte ich mich wie nackt, wie ein Hase, der sich längst im Visier eines Jagdgewehrs befand. Mit dem Fuß trat ich gegen den Wagen, steckte die Hände in die Jackentasche und lief einfach los. Ich lief und lief und merkte erst wieder etwas, als ich mit den

Schuhen Zentimeter tief im Morast stecken blieb. So sehr ich auch zog, ich kam kaum noch aus dem Dreck heraus. Mit glucksenden Geräuschen gelang es mir dann doch noch, meine Schuhe herauszuziehen. Allerdings mit mäßigem Erfolg. Die Schuhe konnte ich vermutlich wegwerfen. Aber wen interessierte das schon angesichts der Tatsache, dass mich ohnehin niemand mehr fragen würde. Ich stand mitten im Feld und starrte in die diesige unklare Ferne. Erkennen konnte ich nicht sehr viel. Allerdings, einige Meter vor mir stand irgendetwas! Ich wischte mir den Regen aus den Augen und wollte wissen, was da war. So stapfte ich weiter und fand mich plötzlich vor einem mannshohen Holzkreuz wieder. Ich schaute auf das Kreuz und fragte mich, was es hier zu suchen hatte. Ich war doch nicht etwa auf einem Friedhof gelandet? Nein, es war ein Gerstenfeld und das Kreuz passte so gar nicht in diese Landschaft hinein. Seltsamerweise stand kein Name auf dem Kreuz. Weder gab es eine Inschrift noch irgendeinen Hinweis, wem das Kreuz gehörte oder wem es gewidmet war, nichts! Es stand nur einfach im Regen zwischen all den Gerstenhalmen und sah irgendwie gespenstisch aus. Plötzlich entdeckte ich eine Flüssigkeit, die aus dem Kreuz austrat. Sie wurde sofort von den Regentropfen fortgewaschen. Doch ich sah es genau, es war eine rote Flüssigkeit, es war Blut! Instinktiv wollte ich zurückweichen, doch in dem seichten Morast gelang mir das nicht und ich fiel der Länge nach ins

Feld! Da lag ich nun, am Ende meiner Kräfte und von aller Welt verlassen vor einem hölzernen Kreuz aus welchem zu allem Unglück auch noch Blut tropfte, unfassbar! Umständlich stützte ich mich auf meine Hände, wollte so vermeiden, dass noch mehr Schlamm in meine Jacke und in die Hose eindrang. Doch es war umsonst. Ich war bereits derart besudelt, als hätte ich eine Moorpackung bekommen. Als ich mich endlich wiederaufrichten konnte, war das Kreuz verschwunden. Mehrmals schloss ich die Augen, riss sie gleich wieder auf, doch ich hatte keine Sehstörungen, das Kreuz war nicht mehr da! Auch eine Spur, dass es jemals hier gestanden hatte, fand ich nicht. Vermutlich hätte ich ohnehin nichts mehr gefunden, denn der Regen wusch alles weg, was nicht dorthin gehörte. Ich strich mir über meine vollkommen verdreckte Kleidung und stapfte zurück zum Wagen. Dort legte ich mir eine Decke, die ich immer im Auto hatte, auf den Sitz und hievte mich hinein. So schnell es möglich war, fuhr ich nach Hause zurück, duschte mich und warf die Wäsche in die Maschine. Sie musste sofort gewaschen werden. Während die Maschine die schwierige Aufgabe zu erfüllen versuchte, alles wieder rein zu bekommen, schaute ich mir die Abendnachrichten im Fernsehen an. Es wurde berichtet, dass eine junge Kellnerin aus einer Kneipe im Nachbardorf vermisst wurde. Schon seit einigen Tagen war sie nicht mehr zur Arbeit erschienen. Auch ihre Familie wusste nicht, wo sie geblieben sein konnte.

Da sie keinen Freund hatte, verdichtete sich der Verdacht auf eine Straftat. Ich lief ins Badezimmer, um mich zu rasieren. Da sah ich im Rasierspiegel ein Kreuz hinter mir stehen. Ich erschrak fürchterlich und fuhr herum. Doch hinter mir stand nichts. Irritiert schaute ich wieder in den Spiegel, doch das Kreuz sah ich nicht mehr. Hatte ich Halluzinationen oder bereits einen Fieberwahn? Hatte ich mir bei meinem unsinnigen Spaziergang durch den Regen irgendetwas eingefangen? Immerhin hustete ich schon ein wenig. Ich bereitete mir einen Kamillentee zu und machte es mir auf dem Sofa bequem. Doch die Erscheinung, die ich eben hatte und mein Erlebnis mit dem Kreuz auf dem Feld ließen mir einfach keine Ruhe mehr. Immer mehr drängte sich ein Verdacht auf: Gab es vielleicht irgendeinen Zusammenhang zwischen den beiden Kreuzen und der vermissten Kellnerin? Plötzlich musste ich lachen! Ich hatte selten solch verrückte Ideen! Nun sah ich also schon Kreuze, kein Wunder, immerhin verlor ich in kurzer Zeit meine Existenz! Da sah man wohl auch schon mal Kreuze. Total übermüdet und laut niesend ging ich ins Bett und zog mir die Decke über den Kopf. Doch obwohl mir die Augen zufielen, konnte ich nicht einschlafen. Immer wieder kreisten meine Gedanken um die merkwürdigen Kreuze. Besonders das große Holzkreuz auf dem Feld gab mir zu denken. Immerhin glaubte ich, Blut an diesem Kreuz gesehen zu haben. Stöhnend stand ich wieder auf und schaute durch die Fensterscheibe. Da vernahm ich eine sanfte Mädchenstimme. Sie war so leise, dass ich erst glaubte, ich hätte den Fernseher vergessen auszuschalten. Doch als ich im Wohnzimmer nachschaute, war der Fernseher aus. Die merkwürdige Stimme hörte sich traurig an und sagte leise: „Da draußen auf dem Feld, dort ist mein letztes Grab. Es kostet Dich kein Geld, geh hin und hol mich ab." Es wurde wieder still und ich spürte, wie mir ein eisiger Schauer über den Rücken lief. Hatte es dieses seltsame Kreuz auf dem Feld etwa doch gegeben? Eine seltsame unerklärliche Unruhe brachte mich dazu, mich wieder anzukleiden und schließlich zur Polizei zu fahren. Dort berichtete ich nicht von dem Kreuz, welches ich gesehen hatte. Ich schilderte meinen Verdacht, und gab vor, mitten auf dem Feld eine verdächtige Person gesehen zu haben. Obwohl das nicht stimmte, erhoffte ich mir auf diese Weise, dass der mysteriösen Sache zumindest nachgegangen wurde. Ich nannte den Beamten exakt die Stelle, an welcher ich das blutige Kreuz gesehen hatte. Die Stelle wurde untersucht und man fand die Leiche der Kellnerin. Sie wurde erschlagen und an dieser Stelle vergraben. In der Grube fand man auch noch einen Dreschflegel, der sich noch heute in so mancher Scheune finden ließ. Auch die Frage, warum mir das Kreuz ausgerechnet auf dem Feld erschien, konnte bald beantwortet werden. Es stellte sich heraus, dass das Feld einem bankrotten, aggressiven Bauern gehörte. Der hatte sich an der Kellnerin im volltrunkenen Zustand vergangen und sie nach seiner entsetzlichen Tat mit dem Dreschflegel erschlagen. Da er Transportspuren vermeiden wollte, vergrub er die Tote gleich an Ort und Stelle, in seinem Gerstenfeld. Er wurde sofort verhaftet und bekam seinen Prozess. Als ich Tage später wieder an dem Weizenfeld vorüberfuhr, bemerkte ich eine seltsame Nebelwolke. Sie schwebte genau über der Stelle, an welcher ich damals das Holzkreuz gesehen hatte. Und ich war mir sicher, im Inneren der Nebelwolke einen alten Mann mit weißen Haaren gesehen zu haben. Weil mir jedoch in diesem Moment beinahe ein Hase ins Auto gesprungen wäre, musste ich scharf bremsen. Als ich daraufhin wieder zur Nebelwolke schauen wollte, war sie nicht mehr da. Doch ich lächelte nur und wusste plötzlich, wie mein Leben weiter gehen sollte. Ich setzte mich an meinen Laptop und schrieb meinen ersten Roman. Ich nannte ihn:

Das hölzerne Kreuz.